域外故事会 第四辑

THE HIGHLIGHTS OF FOREIGN POPULAR FICTION

没有女人的世界

World Without Women

[英]约翰·弗恩——著

李 芸——译

上海文艺出版社

上海故事会文化传媒有限公司

名家导读

/尚晓进

尚晓进，上海大学外国语学院教授，博士生导师。主要研究领域为外国文学和比较文学。在《外国文学动态研究》《中国现代文学研究丛刊》和《文学评论》等核心期刊上发表论文三十余篇，出版专著《原罪与狂欢：霍桑保守主义研究》《什么是浪漫主义文学》和《走向艺术——冯内古特小说研究》，为《世界文学》杂志翻译作品多篇；译著包括《诗人的生活》和《黑狐谜案》（第二译者）等。

约翰·弗恩（1908—1960），英国作家，也是最早活跃于美国科幻小说界的一位英国作家，1930 年代主要为廉价纸浆科幻杂志写短篇小说，二战期间，转向小说创作，在战后出版业的黄金时代成为最具影响力的作家之一。弗恩极为多产，一生中创作了数量惊人的科幻小说、犯罪小说、西部小说和冒险小说等，为谋求更多发表机会，他使用过诸多笔名，瓦戈·斯塔登和沃尔斯泰德·格里德班主要用于小说署名，而杂志上发表的短篇小说多以索顿·艾尔和波尔顿·克劳斯署名，其他还包括斯派克·戈登、马克·德诺姆、雨果·布莱恩、布莱恩特·肖和杰夫里·阿姆斯特朗等。弗恩有意选用不同笔名发表特定题材和风格的作品，以打造不同作家写作的感觉，当然，这也充分证明其创作多面手的能力。

弗恩出生于英格兰曼彻斯特市附近的沃斯利，父亲珀西·斯莱特·弗恩是纺织品商人，母亲佛罗伦萨·罗斯·弗恩是一位秘书，弗恩是家中独子。弗恩十岁生日时收到一台二手打字机，从此点燃写作的野心，开始勤奋练习写作，十四岁离开学校后，跟随父亲从事纺织品生意，但对这份工作不感兴趣。业余时间，他阅读詹姆斯·金斯爵士和亚瑟·爱丁顿爵士两人的著作，从他们的书中学习科学知识，弗恩对两位科学家极为推崇，时常在作品中提到这两人。弗恩也热衷于阅读文学作品，威尔斯和儒勒·凡尔纳激发了他对科幻小说的兴趣，而埃德维·塞尔斯·布鲁克斯极大影响了他的写作风格，1947 年他将侦探小说《你的独臂》题献给这位少年时代的导师。

1925 年，弗恩全家搬到布莱克浦，弗恩不得不另谋出路，曾做过几份临时工作，包括律师助理一职，但他一直渴望写作，1931 年终于得偿所愿，在当时著名的《电影周刊》上发表了系列文章。受此鼓舞，弗恩开始创作首部科幻小说《智力巨人》，但在英国出版的机会渺茫，因为科幻还是一个时新的概念。凡尔纳的小说当时被称为“奇妙的旅行”，威尔斯的作品则被冠以“科学浪漫传奇”的名称，直至 1929 年，雨果·根斯巴克才将这一类型命名为“科幻小说”，认为科幻是兼具科学事实与预言视野的浪漫作品，并将凡尔纳、威尔斯和爱伦·坡列为这类小说的代表作家。根斯巴克 1926 年在美国创立的《神奇故事》是首个专门刊登科幻小说的杂志，《神奇故事》标志着科幻小说“杂志时代”（1926—

1960 年）的发端。

在弗恩为出版伤神之际，他无意中发现一本《神奇故事》杂志，由此打开一个崭新的未来，他这样表达自己的欣喜之情："这让我看到了我多年来梦寐以求的东西。一个市场！我立刻把作品寄给了编辑并等待结果。"杂志接受了他的小说，并向他继续约稿，弗恩欣喜若狂，声称如果英国不要科幻小说，那他就为美国写作。弗恩紧接着创作了两部史诗般的科幻小说《时间航线》及其续集《扎格里布》，1933 年 6 月至 7 月间在《神奇故事》上开始连载。如果说《智力巨人》风格审慎，延续了英国科学浪漫传奇的路数，《时间航线》和《扎格里布》则刻意模仿史密斯博士史诗式太空冒险科幻小说。与此同时，弗恩开始为《神奇故事》的对手杂志《惊异故事》撰稿，新任编辑特里梅因提出写作"奇思妙想"故事，即以"新颖而未曾探索过"的想法为主导元素，弗恩的脑子里有着层出不穷的想法，商业嗅觉素来敏锐的他立即捕捉到了机遇。1934 年 3 月，他发表首个"奇思妙想"故事《终止灰尘的人》，设想摧毁所有的灰尘颗粒，世界会陷入何种离奇的境地。从 1934 到 1937 年间，弗恩创作了一系列脍炙人口的奇思妙想故事，如《在地球来临之前》《地球陵墓》《蓝色无限》《被遗弃的宇宙》和《黑色永恒》等，其中有些后来被扩写为署名为瓦戈·斯塔登的科幻小说。作为"奇思妙想"的一类，弗恩还别出心裁地开创了"数学"故事，《数学》和《超级数学》两篇都以金斯爵士的理论猜想为根基，将造物主设想为一位至高无上的数学家，而整个宇宙不过是抽象以太背景下的一系列数学方程式。这类奇思妙想故事有时也招致批评，有人认为弗恩过于放纵想象力，令科学让位于想象力，对此，弗恩回复道："科幻小说，在我看来，包含科学和小说，如果一味追求科学准确，写出的东西就过于像教科书了……我始终认为想象力是作家最大的财富，我令想象力自由驰骋，但希望我想象的一些东西永远不会成为现实。"至1937年，弗恩敏锐地意识到，在对新奇想法的追逐中，这一故事类型逐渐趋于雷同，陷入套路化的僵局，他随即转换风格，模仿已故科幻作家斯坦利·温鲍姆，创作人物更真实、包含太空冒险元素的故事，同时，还尝试有关科学复仇题材。

1937年末，一件影响深远的事是，约翰·伍德·坎贝尔接任《惊异故事》杂志编辑，次年将杂志改名为《惊异科幻》，由此开启了科幻小说的"黄金时代"，坎贝尔本人也是科幻作家，以笔名唐·A·斯图尔特发表过经典之作《暮光之城》和《谁去那里？》。坎贝尔接任编辑后，力求推陈出新，摆脱传统模式范本，为科幻领域带来了一场影响深远的变革。可能因为他的办刊理念，也因为其他一些原因，弗恩开始转向其他杂志发表作品，在淡出《惊异故事》杂志的同时，可能也错失某些良机，毕竟坎贝尔成就了科幻史上的一段辉煌，其麾下群星璀璨，尤其令人瞩目的是阿西莫夫、海因莱因、克拉克、范·沃格特等未来科幻巨头。无论如何，这一时期，科幻杂志大量涌现，弗恩持续为各种杂志供稿，其作品见于《神奇故事》《星球故事》《科幻小说与未来小说》《奇迹故事》《奇幻历险》和《奇异科幻故事》等诸多杂志。二战期间，弗恩还做过电影放映员，其小说受电影艺术的影响而呈现出强烈的视觉效应。总之，在科幻小说的杂志时代，弗恩如鱼得水，风格多变，以诸多笔名营造不同面目，的确深谙为市场写作之道。

二战期间，弗恩在英国发现更有利可图的小说市场，随即将主要精力投入到小说创作中，出版了一系列的科幻小说、探案小说、西部小说、冒险与浪漫传奇小说等，同时，将战前在杂志上发表的故事以书籍的形式扩写再版，几乎以一己之力带动战后英国出版业的繁荣。1943 年，他在英国出版的首部小说即他的首个短篇小说《智力巨人》，这在英国文学史上有界标意义，是英国最早以“科幻小说”为标签出版和推销的作品，1944 开始陆续推出“黄金女战士”系列小说，包括离世后整理出版的，该系列多达二十余部。1950 年，他与英国出版商赛恩有限公司签定五年合同，以瓦戈 · 斯塔登为笔名为该公司写作，作为专属作家出版了几十部科幻小说。这些小说十分畅销，“瓦戈 · 斯塔登”一时间也声名鹊起，出版商趁热打铁，推出科幻新刊《瓦戈 · 斯塔登科幻小说杂志》，弗恩出任杂志编辑后，将之改名为《英国科幻小说杂志》，将之前未发表的作品以及一些改写的旧作发表在该刊物上。二战期间转向小说后，弗恩创作的短篇小说数量很少但多为佳作，本书所选的《时间流浪者》即为后期精品。不过，“瓦戈 · 斯塔登”引发的热度好景不长，一方面因为风格已趋陈旧，另一方面，也因模仿者甚众，1956 年弗恩结婚后，写作数量锐减，开始转向戏剧和电影方面的探索。

1960 年 9 月，弗恩因心脏病突然离世，年仅五十二岁，其妻忧伤成疾，未能妥善安排作品的出版事宜，导致他的作品很快在市面上绝迹，又因很多作品以笔名发表，而这些笔名也并不广为人知，这使得弗恩处于被遗忘的境地。弗恩直到 1968 年才重新受到关注，而这主要归功于菲利普·哈博特的整理和研究工作。这一年，菲利普·哈博特出版了作家传记《分身人：约翰·拉塞尔·弗恩传记和书目研究 1908—1960》，在为作家生平作传的同时，也首次披露了他所用的十多个笔名。1970 年，弗恩的遗孀将作品代理权交给了哈博特，在后者的努力下，弗恩的作品得以重见天日。

本书收录的《没有女人的世界》《黄金女战士》和《时间流浪者》均发表于 1939 年至 1944 年之间，属于弗恩创作黄金时期的作品，此间，作家无论在构思还是叙事技法上都已臻于圆熟。《没有女人的世界》发表于 1939 年 4 月，署名索顿·艾尔，刊载于《神奇故事》杂志。故事时间设定在 2020 年，对于今天的读者已成为过去，但相对于作家的时代而言，自然是科幻想象的未来。作家想象人类面临一场前所未有的危机，一种神秘的疫病席卷全球，令全体女性、包括雌性生物无一例外地死去，人类很快面临灭绝，为拯救人类，美洲总统呼吁科学家制造合成人，首先要合成女性……

《没有女人的世界》采用当时盛行的科幻小说模式，将科学知识和猜想与浪漫冒险元素融合在一起，同时，又引导读者展开对科学和生命本质及其边界的思考。在某种意义上，弗恩关于合成人或造人的设想可以看作对《弗兰肯斯坦》这部小说的致敬，不同于玛丽·雪莱的是，生活于 20 世纪的弗恩似乎并不认为科学无所不能，拥有一切必要知识和技术手段的科学家可以合成人，却无法创造生命，小说里，作家通过人物表达了这层意思：你不能创造思想，因此不能创造生命。记住那句名言——“我思故我在”。或许，生命的真相在于我们的思想，而思想的边界意味着我们存在的边界？

1937年7月发表的《黄金女战士》实际上是“黄金女战士”系列的开篇之作，继该篇之后，弗恩又推出《黄金女战士再战》《黄金女战士归来》和《黄金女战士之子》三篇。此四篇均署名索顿·艾尔，发表在《奇幻历险》杂志上。值得注意的是，1944年弗恩另起炉灶，创作了全新的小说《黄金女战士》，受市场鼓励，作家不断推出续集，这些被称作“黄金女战士”系列。

作为杂志故事系列的首篇，《黄金女战士》给读者带来一个兼具美貌与勇气的超级女英雄维奥莱特·雷，又被称作“黄金女战士”。这一则太空浪漫冒险故事，维奥莱特和男主人公克里斯·威尔逊穿梭于地球与金星之间，与盘踞在火星上的一个犯罪团伙搏斗，粉碎了该团伙意欲以细菌毁灭地球的阴谋。故事环环相扣，充满悬念，又有水落石出之际的干净利落，而维奥莱特的异星之美、火星风光地貌的斑斓瑰丽，在弗恩的笔下极具视觉冲击力。

《时间流浪者》1944年以波尔顿·克罗斯为笔名发表在《惊魂故事》杂志上，堪称弗恩最为经典的小说，也是弗恩本人最为推崇的作品。与《没有女人的世界》一样，《时间流浪者》属于“奇思妙想”类科幻小说，整个故事以别出心裁的想法为支点展开，这个设想可表述为：时间呈现为一种空间状态，是无限循环的，现在所发生的在过去必然上演过，也必定在未来重演，而记忆会留存在大脑中，找到记忆片段或大脑中某个神秘的“盲点”，便可掌握通向未来时间的钥匙。业余物理学布莱克·卡森推演出这套理论，又设计制作了一种外部机械神经装置，借助这一装置，成功探访记忆，并得以窥见到未来世界的奇异图景以及自己即将面临的命运。卡森预见到，不久之后，他会受到谋杀指控并被处以电刑，而阴谋的策划者正是他志同道合的好友哈特·克兰肖。事情果然如他所预见的那样发生了，卡森又相信，身体是思想的外在显形，改变思想即可改变身体，基于这一理论，卡森筹划了在未来时空复仇的计划……在不动声色之间，复仇故事抵达哲性的高度，《时间流浪者》的好在于意蕴幽深，意在言外。

弗恩始终以熟练写手自居，坚持面向市场写作，尽管英年辞世，仍给后世留下数量惊人而题材形式多变的作品，总计约一百二十个短篇小说和一百八十部小说，有些不过昙花一现，但亦不乏可传世的上乘之作。本书收录的三篇作品题材风格各异，以各自的精彩展示了弗恩非凡的驾驭力。或许因为尽管写得过多过快，他的作品总体上显得粗糙，欠打磨，但其佳作始终生动鲜活，以想象为科学之羽翼，为我们开辟无限辽阔与深远的科幻空间。自成名以来，弗恩的读者群遍及世界各地、跨越几代人，正如哈博特所言，对作家而言，这本身已是最好的纪念。

Contents

没有女人的世界

佩里·米尔斯按照凯·万克利夫的形象塑造了一具合成人体，但却不能给它生命。人类面临灭绝。然而，难以置信的是，这具无生命的躯壳开口说话了……

第一章“我们正面临灭绝……”

在华盛顿新建的白宫，偌大的众议院一片肃穆。数不清的座位，一排连着一排升起，一直延伸到花岗岩墙边，座位上的人都带着严肃而焦急的神情。他们有着不同年龄和肤色，但都是男人的面孔。所有人的目光都聚焦在浩大会场中央的那个长方形小台上。

一个声音突然从隐藏式的扬声器中传出。

“先生们，请金登·格雷戈里，美洲总统讲话！”

大家起立致敬，会场响起一阵窸窸窣窣的鞋底擦地声。当矮小精悍的总统走上讲台，大家又重新落座。总统打量了一下周围的无线电电视发射器，然后环顾四周，凝视着这个巨大的集会。

“先生们……”

他的声音阴沉而单调，完全没有四年前，也就是2016年竞选时的那种激情和自信。如今，他的声音尽显颓势和绝望。

“来自世界各地的各位学界人士，你们好。目前我们面临的可怕危机，我已毋庸赘言。如果科学技术不能掌控目前的局势，人类和所有生灵都将从地球上消失！人类存在的时间最多不超过八十年。我们都亲历了惨痛悲剧的发生，眼睁睁看着我们身边的女性死于一种医学无法诊断、诡秘莫测的疾病。

“2015年，我们拥有一个幸福又繁荣的世界。战争已经消亡，世界一派繁荣。然而，请允许我重提痛苦往事，就在这年的圣诞节，这场疫病开始了。女性，无论老少，无论贫富，都开始死亡。不仅仅是我们的女性，世间所有雌性生灵也都在死亡。疫病无所不在，几乎同时在各个国家爆发。不管在哪里，虽然我们竭尽所能，女婴仍然一出生就死亡，直到……直到 2018 年年底，也就是两年前，世界上一个女人都没有了！”

总统停顿了好一会儿，没有说话。他显然情绪激动，紧紧地抓住了桌子的两侧。当他再次开口时，他的声音陡然变得绝望了。

“先生们！全世界的科学界人士！无论你们在何处，我恳求你们竭尽所能来应对降临到我们身上的厄运！也许把女性视作延续生命的必需品是自私的，但我确实是在陈述一个冷酷的事实。抛开对女性的爱和渴望不说，冷酷的生物学事实是，世界上没有女人，人类就会灭亡。所以，我的朋友们，除非能找到一些幸存下来的女性，否则我们都将灭亡。我知道，我们再也不可能找出一位女性了，地球上显然都被清理干净了。如果这条路行不通，我们仅剩另一条路可走，那就是合成人！”

“合成人？”大厅后面有个声音惊喊道。

总统耸了耸肩，继续道：“我们还有其他办法吗？我呼吁科学家们，特别是生化学家们，将你们每一分精力都投入其中。创造生命的自然手段已经行不通了，只有制造合成女性。如果不制造合成女性，那么就制造合成人，无论是男人还是女人。但显而易见，合成女性要更简单，所需的材料更少。哪怕只有一个女人，我们也能拯救人类。我们必须得这么做，否则，人类就完了！”

“但合成人是不可能的！”英国著名化学家乔纳森·黑尔喊道。

“没有什么是办不到的。”总统平静地回答，“尤其是对科学来说。先生们，我恳请你们——”

佩里·米尔斯懒洋洋地伸手关掉了床边小小的电视，格雷戈里总统的讲话和面孔消失了。

很长一段时间，佩里静静地躺着，听着偌大纽约疗养院里的幽微而昏沉的声音，以及时不时传来的咳嗽声与橡胶鞋底的声音。身穿白大褂的男人们来来往往。男人，男人，男人。到处都是男人！佩里深深叹了一口气，仰头盯着白色的珐琅屋顶。

“好极了！”他喃喃自语道，“人类都快完蛋了，还来救治一个重症肺炎患者。如果他们这么长时间都没能消灭肺炎细菌，谁还指望他们制造合成人！”

他闭上了眼睛，很快又睁开了，因为感到有人朝他走来。只见一个衣着整洁的年轻人，黑色短发，炯炯有神的灰色眼睛，胳膊下夹着好些本杂志。

“嗨，佩里！”他笑着向他打招呼，“比尔·坦纳能在这儿待一会儿吗？”

“当然！”佩里殷切地坐起来，“我正需要人做伴呢……”他瞥了一眼杂志，问道，“这是什么杂志？有什么新鲜内容吗？”

坦纳耸耸肩，坐了下来："恐怕没有，其实这些都是四年前的期刊。我昨天清理了我的书橱。我想你可能会愿意读一读，在你离开这里之前。"

"医生说再过一周就可以出院了……谢谢你，老伙计。我很高兴有些事可干。"佩里停顿了一下，皱起眉头，蓝色眼睛显得若有所思，"你听了总统讲话吗？"他直接问道。

"听了大部分。街头的电视也转播了……我想形势已经很严峻了，佩里。自从女人从地球上消失后，事情就变得一团糟了。当然，这是意料之中的事。"

气氛变得黯然，沉默了一会儿，坦纳再次开口。

"你瞧，佩里，我不明白你为什么不做点什么。你是一流的生化学家，有学识，还有钱。要不是你在雨中做那个愚蠢的实验得了肺炎，我想你也会被邀请到众议院开会了。"

"也许吧，"佩里不悦地耸耸肩，"我没那么被看重。"

"噢，振作起来，佩里。现在不是谦虚的时候。你的一些化学发明已经领先了现在的研究一百年，你知道的。当然，你不喜欢宣传，正因为如此，你没有公布它们。但你实验室里出来的研究成果比五十个大胡子专家的全部成果还多得多。看看你挣的钱！如果不是你给了政府一些有价值的东西，他们不会支付如此巨额的款项。"

“所以呢？哦，我明白了！你是说我应该把注意力转向合成人？”

“我就是这个意思。如果有人能解决这个问题，那就是你。”

“好吧，但是合成人已经超出了科学的范畴。让没生命的黏土变成活生生的人类，我们还有关键的一环没法解决……噢，我承认，我躺在这里疗养时曾想过这个问题。我读过一些关于人体结构的医学教科书，对构成人类的物质也进行了相当彻底的研究，但是……不，比尔！我想合成人根本办不到！”

坦纳叹了口气，慢慢站了起来：“好吧，你是科学家，我不是。我敢肯定，只要给你一些动力，你就能做到。”他瞥了一眼手表，“抱歉，我不能再待下去了，我不像你能自立门户。你知道，统计局不喜欢他们的专家迟到。再见。”

“好吧！谢谢你的杂志。”佩里感激地挥了挥手，看着坦纳轻盈的身影消失在长长的病房里。

他躺着沉思了许久，然后拿起最上面的杂志，漫不经心地看起来。

这是疫病发生前的出版物，社交版面满是男男女女名流的彩色照片。不知怎的，当佩里凝视这些老老少少、各色各样的女性时，一种奇怪的情感涌上心头。她们都很有魅力，让这个世界变得如此靓丽。在这点上，令现在这个只有冷酷阳刚的男人的新世界，顿时黯然失色。

在翻阅这些照片时，他发现一幅彩色的全身肖像，上面是一个年轻漂亮的女孩，眼睛正凝视着他。她的眼睛很蓝，头发是熟透的玉米的颜色。身上浅蓝色的连衣裙搭配粉红色的缎带，尽显女性魅力。

佩里的目光落在了图片下面的文字上。

凯·万克利夫小姐，著名科学家和工程师埃罗伊德·万克利夫博士的女儿。凯下个月就二十一岁了。祝贺你，凯！

“哦,天哪,天哪！”佩里吹了一下口哨,再次盯着照片,“太漂亮了！埃罗伊德·万克利夫，是吗？似乎什么时候听说过他与一种稀有金属有关。要是……”

“合成人……”他闭上眼睛深呼吸，“制造一个女人……只要我有动力！碳水化合物、磷、石灰——见鬼！动力！谁说我没有动力？”他猛地坐起来，又一次抓起杂志。“我的天呀，我有呀！”他自言自语道,“如果可以的话,我的模特就在这里。我要了解她的全部信息。是的，就是这样！造一个女人！就像她这样的。这是我见过的最好的女孩！有可能，或许——”

他凝视着空中，咬着下唇。大脑飞速运转着，思维所到之处所向披靡、锐不可当。他满脑子都是凯·万克利夫的身影。凯,他的灵感之源。一个他从不认识也从未见过、现在已经不在人世的女孩。

一个小时后，佩里仍然出神地凝视着空气，当男护士过来命令他躺下时，佩里非常不耐烦。

第二章“我创造了她的身体……”

第二天，坦纳接到疗养院打来的电话，听到电话另一端佩里急促的声音时，他喜不自胜。

“嘿，比尔，我一直在想你说的话，你的想法确实有点意思。听着！你在统计局工作，你能帮我找到一个名叫凯·万克利夫的女孩的所有的信息吗？就是那个科学家埃罗伊德·万克利夫博士的女儿。她在2016年7月已经二十一岁了。我想她也住在纽约。我想知道她现在的确切年龄、身体数据、肤色，我要她所有的信息、她一生的完整记录包括她的医疗记录，以及你能找到的所有照片。按照2007年新世界人口普查法，关于她和她的家庭的详细信息应该与过去的通缉犯一样多。甚至指纹，也要给我。明白了吗？”

“我会将所有的信息都制成表格——你要的每个人都会整理给你。”坦纳回答，“但你到底要这些搞什么鬼？”

“我想我会造一个女人……以后再告诉你。你要多长时间才能整理出这些信息？”

“我一个小时后给你回电话，可以吧？”

“好的。”

在这段时间，佩里忙着用凯·万克利夫的照片为她的头和脸做骨架设计。不久，电话响了。

“佩里？我找到了她的信息。凯·万克利夫将于7月6日满二十五岁。她不是死于疫病。在疫病暴发前一年，人们发现她以及她的父母在相当奇怪的情况下死亡。他们的尸体是在美国著名神经学家丹弗·霍尔医生的私人手术室中被发现的。他也死了。这四个人都葬在第四区公墓。因为万克利夫家族的所有亲属都是女性，当然也就没有人能解释这件事了。”

“嗯……”佩里咕哝着，“那有照片或记录吗？”

“当然。有六张不错的照片，一些是家庭遗物，另一些是出于人口普查的原因，由专业人士拍摄的。如果你要，我会带给你。”

“当然要！”佩里哼了一声，“尽快带过来。谢谢。”

但直到第二天早上，坦纳才有空过来。佩里一拿到资料就开始专注地研究起来，再也不多说一句话。坦纳也知道问不出什么，只好离开。此后，繁重的工作让坦纳忙了好些天。再一次见到佩里时，又是在他的旧实验室里，只见佩里瘦弱的身板上穿着皱皱巴巴的工作服，牙间紧咬着一根烟斗。

佩里的老仆德纳姆轻轻地关上了实验室的门。越过一大片工作台和器皿，坦纳站着凝视着他的朋友，他马上就皱起了鼻子，房间里弥漫着各种难闻的气味。他慢慢向前走去，看到一个铮亮的长条形金属缸，缸的底部漂浮着大量混在一起的刺鼻的化合物。

佩里心不在焉地点点头，算是打过招呼了。他的眼睛盯着金属缸。正对的墙上是一张巨大的真人大小的女人图纸，四周布满了凯·万克利夫的放大照片。

“那么你又开始工作了？”坦纳终于问道，“这次是怎么回事？凯·万克利夫给了你什么动力？”

“多着呢，”佩里简短地回答，“这缸里的是我造的第二个凯·万克利夫了。”

“嗯？”坦纳茫然地盯着这一片不知所谓的狼藉。

“这个世界需要合成人，”佩里的眉头舒展开来，慢慢地说道，“这个世界需要一个女人——这个女人将是合成女性中的第一个。我会尽我所能来实现这个需求。这第一个女人将是凯·万克利夫的形象。如果我要结婚的话，比尔，她就是我要找的人。也许，爱上一张照片是很奇怪的事，但我就是爱上了。我那丧失已久的工作热情被激发起来……雕塑家以真人为模特，我和他们差不多，只是我靠的是照片和数据。我要造出一个和凯·万克利夫分毫不差的女人来。也许，我能让我的模特活过来……”

他沉默了，双手插在工作服口袋里。过了一会儿，他开口说道：

“这还是刚开始，缸里是甘油、蛋白质、碳氢化合物、糖等等这些的混合物，它们都是构成人体的元素。这些化合物先要一个细胞一个细胞地合成，然后整合成人体，最后我得想办法赋予它生命，这将是最困难的一步。”

“你觉得这需要你多长时间？”坦纳小声问道。

“怎么说呢？至少是好几个月。任何细节都不能出错。为了成功，每一步都必须精确。只要我最终成功，即使花上一辈子又有什么关系？”

坦纳没有说话。他怎么也想象不出眼下这堆乱糟糟的混合物会变成一个令人向往的女人。这是他的局限所在，他没有佩里·米尔斯那样生动的想象力，也不是他那样的天才。对佩里来说，实验的结果在刚开始的时候就已经预见了。

当全世界的科学家和政治领袖还在争论不休、处于实验阶段时，佩里·米尔斯已经投入工作了。一个又一个星期过去了，一个又一个月过去了，佩里日复一日，无休无止，不顾一切地工作着。他从来没有离开过家，经常通宵达旦地工作，他的老仆和坦纳要他休息或锻炼一下，他对这些劝告充耳不闻……不，他才没时间呢！他有比锻炼更重要的事情要做！

一年过去了。佩里精神抖擞，身体健康。他如往常一般精瘦又有活力，头脑清晰，沉浸在他高精尖的技术任务之中。坦纳经常来访，看到原本乱七八糟的化合物发生了惊人的变化，但对所知道的一切守口如瓶，以防记者蜂拥而至。

渐渐地，佩里用针状精密电辐射培养了大量的骨骼、肌肉和神经组织。他从培养一个个细胞开始，难以置信地完成了整个建构：首先是设计轮廓，然后一一将合成部分移动并定位到正确的排列中。他已经连通了神经，接入了关节，创造了肉身。第一批混合物终于形成了一个可以辨认的女人的形状。

他又苦干了六个月，经验不断积累，技术水平也不断提高。他用蜡模塑造出了合成肉体。他花了好几天的时间在手指与发根上，对每一个细节都精益求精，最后创造出一个完美的女性身体。这具身体除了眼睛什么都已经完成，现在被移到一个玻璃缸里。

坦纳打量了一番这个浑身雪白的合成女孩，然后转身看着佩里。这位年轻的化学家的脸色凝重而坚定，比一开始多了点皱纹，多了点焦虑。

“她无疑又是一个凯·万克利夫了，”坦纳咕哝道，“除了那两个空洞的眼窝，其他一切都很完美，甚至是头发！你居然让它长出来了。”

“这个简单，”佩里低声吼道，“不管怎么说，头发就像植物，色素决定它的颜色。我只是用有丝分裂辐射刺激植物化合物。任何傻瓜都能做到。无论如何，这是植物的本能。”

他默默地注视着那具完美无瑕的人体。“眼睛是最难的部分，”他喃喃自语道，“虹膜和瞳孔、视网膜和角膜，还有神经连接，这些都很难，但最后我会搞定的。”

三个月后他做到了。在 2020 年 12 月 7 日的晚上，坦纳从统计局被紧急叫过去见证佩里的工作成果。

和往常一样，他在实验室里找到了佩里，只见他若有所思地凝视着容器里一动不动的身体。那具身体眼皮紧闭着，但眼皮底下却是柔软圆润的眼珠。佩里轻轻抬起其中一个眼睑，露出一只无瑕却空洞的蓝眼睛。

“看到了吗？”他笑了，“我成功了！我用了她照片里的虹膜做参考，采用了对光敏感的收缩肌，我制造了两只与人类一样的眼睛。”他慢慢地揉着纤细的双手，“我找你过来，比尔，因为我要你成为唯一的见证人，我要为这个可爱的生物注入生命。我都准备好了。”

“你真的相信你可以创造生命吗？”坦纳连忙问道。

佩里慢慢地点点头，指了指他周围的大型电机。

“我希望这台装置能够模拟出地球诞生之初的环境，也就是一种化学聚变，科学家已经验证了这点。生命只能通过这一种方式发生——太阳辐射。生命基本上是碳，混合了适当比例的氢、氧、氮等，就像我们在这具完整的身躯里看到的那样。在最早的时候，这些元素就存在了，但是什么把它们从单纯的原子变成了有生命的原子？正如金斯、爱丁顿和其他科学家公开承认的那样，就是因为有一种辐射。这种辐射在世界诞生之初就存在，但随着太阳冷却和变老最终消失了。

“我一直从事于这些方面的工作，研究太阳现象，并从世界主要的天文台获得所有可能的线索和观测结果。我向后推算出了地球诞生时的太阳温度。毫无疑问，当时的存在中有好几条超短辐射，都是由巨大的热量产生……”

佩里再次指了指机器，这些机器放置在合成人体所在容器的两端。

“当我启动这些机器时，”他慢慢地说，“巨大的电流会在一个特殊构造的腔室中彻底粉碎一块铁。铁是宇宙的基本元素之一。我将释放它的原子能，但在该能量逸出之前，它将通过转换室，在这里将其波长改变为我需要的波长。这种辐射波可以完全穿透盛放合成人体的容器，并且我相信它将为惰性原子注入基本电反应，也就是生命！”

佩里站在那里激动地看着坦纳，又看了一眼他费尽心力制成的完美合成人体，那具人体正一动不动地躺在那儿。之后，他抓住了电机组的总开关，砰的一声把它扳动了。

火花四溅，发电机发出呜呜声。

活塞上上下下灵活地运转起来，管道里闪烁着各种各样的颜色。

坦纳站在那里紧张地等待着。佩里，这个魔法师，像钢琴家一样在一排控制键上弹奏，最后把另一个开关卡住，同时转身盯着盛放合成人体的容器。在容器的两端，巨大的电极随着电力的激增而发光。

几秒钟过去了……几分钟过去了……佩里浑身紧张、热汗涔涔。

容器里的人体一动不动。

“一定能行！”佩里喘了口气，“一定行！”

一分钟……三分钟……五分钟……没有动静，只有发光的电极和发出呜呜声的发电机。佩里慢慢地伸手切断了电源，寂静降临，在一片可怕的寂静中，佩里急促的呼吸听起来异常清楚。

“我——我失败了，”他呆滞地喃喃自语道，“我失败了！我错了！我的上帝，我做了这么多工作——”

他困惑地环顾四周，在强光的照耀下，脸色更显灰白。

“也许是——”坦纳开口了，但是佩里一声怒吼打断了他。

“别也许了！”他喊道，“别提建议，我不需要！滚出去！”

“听着，佩里，别激动——”

“别告诉我该怎么做，比尔。滚出去，以免我做出后悔的事！”

“好的。”坦纳轻轻点头。他意识到他的朋友正处于绝望的边缘。他默默地离开了实验室。

佩里盯着紧闭的门，喘着粗气，脑袋一片空白，他情绪低落地转过身来，双手紧握在身后，开始来回踱步。有那么一两次他凝视着容器里一动不动的合成人体，犹豫着要不要把它撕碎，并用硫酸把它溶解掉。最后，他改变了主意，走到窗前，凝视着冬夜的宁静美景。漫天繁星映入眼帘，月亮也在轻柔的云朵中慢慢爬上来。

“我哪里出错了？”他低声自责道，“是哪儿？”

他猛地转身，啪的一声关上了开关。灯熄灭了。他重重地坐在靠窗的软垫椅上，沉思起来。随着外面的世界消失，只剩下幽灵般的阴影，他觉得自己能够更好地集中注意力了。但过了一段时间，所有思绪又涌上来，他再次感到极度绝望。他开始昏昏欲睡，心神恍惚。

第三章“我没有活过来……”

佩里突然跳了起来，意识到自己刚才睡着了，感到内疚。实验室仍然一片漆黑，但刚刚升起的满月的月光穿过窗户，倾泻在机器和玻璃器皿上，盛放合成人体的容器也沐浴在银色的月光中。

佩里打了个哈欠，伸了个懒腰。小睡之后，他头脑变得更清晰。他慢慢地站起身来，停住，皱起眉头。实验室里传来了异样的声音——轻柔的刮擦声、敲击声。起初听起来是这样的。渐渐地，他意识到那是一个非常努力地尝试说话时发出的嘶哑的声音。

佩里的膝盖不由自主地在颤抖。尽管这很疯狂，令人难以置信，但确实是一个令人震惊的事实——声音是从容器的开口端发出的，那里是合成女人的头部！她声音很小，显然是在自言自语。

“如果你听到我说话，就过来！如果你听到我说话，就过来！听着，不管你是谁！”

佩里回过神来，砰的一声打开了灯。当强光照下来，这个女人一动不动。她就这么一动不动，眼睛闭着。佩里茫然不知所措地低头看着她。她的嘴唇在动，她的舌头在牙齿之间上下移动。他一只手按压在她的心口上，感受到心脏有节奏地平稳跳动！然而，尽管她呼吸平稳，但脸上却没有一丝血色，似乎根本没有血液循环的迹象。她是活着，还是死了？想说话吗？

佩里努力理清思路，试着用科学常识来思考。他转过身，抓起一个温度计，戳到她的舌下，温度计瞬间被推了出去，砸在水泥地上。他又拿了一个，塞进她的腋窝。温度计只显示了室温，仅此而已。她并没有活过来！

“见鬼……”佩里抱怨着，挠了挠头，拿开体温计，弯腰走近，试图捕捉那张嘴里语无伦次的咕噜声。他以为它们是英语单词。当然不可能，但是——

“没有道理！”他咕哝着，将拳头按在掌心，“电流不可能有滞后的影响。要么她会在那一刻活过来，要么永远不会。当电流停止时，她应该是惰性的黏土。”

"不管你是谁，听着！"

不可否认，这些话都是纯正的英语，正是那具合成人体说出了这些话。佩里惊讶地张着嘴，向前倾身。他制造出来的合成人似乎突然把自己的舌头解开了。

"我不能指望你理解这一切。我祈祷你懂英语并明白我在说什么。我只能假设你已经塑造了一个凯·万克利夫。我想告诉你，尽管……不，我还是这么说吧。我是凯·万克利夫，我陷入了严峻的困境，我的父母也和我在一起，一样处于困境中。如果你真的造出了一个凯·万克利夫，你要明白，它并不是活的，它是我思想的载体。"

"嗯？"佩里目不转睛地盯着，低沉的声音停了一会儿。他抬起她的眼皮，下面的眼睛呆滞而毫无生气。

"由于种种原因，我现在无法告诉你全部事实，"她突然又说道，"你可以拯救三个人脱离绝境，拯救世界脱离厄运。至少，就人类的死亡而言。

"女性被蓄意灭绝了。为什么以及如何被灭绝，我希望你以后会明白。目前，我只能请求你按照我的指示去做。完全服从！"

佩里默默地点点头。听着一个没有生命的女孩的声音——一个被埋葬了四年的女孩的声音——这让他无法想象。

"你承认吗？"她继续说，"大脑控制着身体，大脑是思维活动的最敏感的有机体，我假设你也认可这一点。大脑的力量通过各种我不能解释的方式，被极大地放大，并通过这个身体运作，原因只有一个，因为它的大脑和我的一样。碰巧你一定为我做了一个完美的复制品，所以我才能通过它说话。我想这是一个复制品，我想不出还有什么。如果我是对的，我相信发声器官会对我的想法做出反应，使我能够和你说话。

“不管怎么说，你做出了一个完美的合成人体，这难道不神奇吗？金斯很早以前不是说过，如果有足够的时间，六只猴子就能用打字机打出一首莎士比亚十四行诗吗？这是机会法则在我们这种情况下的第一次体现。不是巧合；科学不承认巧合。你一定是做了个精确的复制品，甚至精确到了脑细胞数量。我没想到会有这么美妙的事情。我很快会再和你说话。现在，我必须说再见。

“神奇的宇宙。”

佩里不知道要说些什么，呆呆地看着女孩的嘴唇停下不动了。他已经感受不到她的心跳了，呼吸也停止了。她身上那股神秘的生命力，已经散去了。

“我简直不敢相信，”他低声说，“这太不可思议了！凯·万克利夫已经死了，被埋葬了。这个女孩不可能是活着的……”

他低着头，慢慢在实验室走起来。在他的踱步中，他看到月光从窗户里流淌进来。他猛地抬起头来，凝视着天空宁静的银色的满月。

“我想知道……”他轻声嘀咕，“有可能吗？月光落在那个合成人体上，它就活了！光靠月光是做不到的，但至少证明了要月球和地球在一条直线上……但是，凯·万克利夫在月球上吗？”

他困惑地摇摇头。

“我在说什么？怎么可能是她？她已经死了，入土了。她怎么能把自己的大脑抛到二十四万英里之外。已经埋葬了，”他低声重复着，“当然，尸体都被埋葬了，三具都被埋葬了，但是这些尸体里有什么呢？假如……”

他转身拿起电话。不一会儿，他就把在家中沉睡的比尔·坦纳吵醒了。

“喂？怎么回事？”坦纳睡眼惺忪地抱怨道。

“闭嘴，听着，”佩里简短地说，然后他大略讲了整件事情，因为遗漏了不少细节，听起来令人费解。可怜的坦纳显然很困惑，说不出话来。他只能咽了咽口水，问能为佩里做些什么。

“很多，”佩里干脆地回答，“你们的局里有一台新的 Z 射线机器，是吗？这种射线是不是能穿透地面，但遇到人体时会反射回来？”

“没错。我们用它来检测埋葬的尸体，而不是像以前一样没头没脑地挖掘。你问这个干吗？”

“我希望你尽快检查凯·万克利夫和她父母的坟墓，给我一份关于他们尸体的报告。虽然他们已经埋葬了很长时间，但在那些新型铅制棺材中，他们的尸体组织结构仍然会留下一些痕迹。我是这么认为的，”佩里若有所思地说，“他们下葬的时候，大脑没有在里面。尤其是凯，她没有大脑。”

“啊，她不是唯一一个！”坦纳咕哝着，然后他叹了口气，“好吧，我觉得你疯了，但我会按你说的做。”

“只有在没有大脑的情况下被埋葬，凯·万克利夫才能活下来，”佩里厉声说道，“别啰唆了，赶快忙起来……哦，很抱歉打扰你了。晚安！”

他若有所思地放下电话。

“如果我的推测是对的，凯没有身体，她是怎么到达月球的？”他喃喃自语。

“她怎么……？哦，见鬼，有什么用。如果我再多想一想，我会发疯的。”

他最后看了看那一动不动的合成人体，关了灯，离开了实验室。一个小时后，他睡着了。

坦纳立即按照佩里的要求进行了调查。虽然第二天早上他因工作无法亲自来，但还是派人特意把 Z 射线的胶片送过来了。

佩里研究着这些胶片，尽管因为尸体自然腐烂，导致细节模糊，但是他知道自己的猜测是正确的。这三具尸体里没有大脑！由于某种原因，它们被移走了，唯一能解释的人——丹弗·霍尔医生——也死了。

“你能听见我吗？你在吗？”

轻柔的声音传到他耳边，佩里转过身来。他马上放下胶片，匆忙来到躺在容器里的女孩身边。她又短暂地复活了。

“我得赶紧说。时间只够讲主要的细节，仅此而已。请拿一个笔记本……现在，我要向你揭示太空旅行的秘密。我要你以科学家的荣誉保证，在得到许可之前，不要向任何人透露秘密。这是属于我父亲，埃罗伊德·万克利夫的机要，他是最初的发现者。你准备好了吗？”

佩里不自觉地点了点头，开始用速记和科学术语做笔记，女孩说话时，眼睛闭着，身体一动不动。

佩里边记录边感到惊讶。女孩说的太空旅行系统与他所预想的完全不同，根本不需要火箭控制。相反，那是一个屏幕结构，理论上，飞船的一半是由它构成，屏幕是普通的铍钢，但飞船本身由一种高放射性金属元素105组成，这种物质本身完全不受引力的影响，就像玻璃对光是透明的一样。

在设定的温度下，这种物质会发生突变，从正常的吸引源逃逸出去，而不是被吸附，只能在其下方插入一个铍防护罩来防止这种情况发生。

女孩把这种物质称为“银钍”——任何高级化学家都能轻松制成。最关键的秘密在于控制温度的范围。

“你要建造一艘适合自己的飞船，”女孩总结道，“确保它有防御武器，并配备所有可能的手术器械，比如你制作合成人体时用到的器械。当你最终准备好后，你就前往月球。

“当你到达月球时，发一个无线电信号；我会接收它。还要带上合成的人体，我将通过它告诉你怎么行动。我们是如何到达月球的，你稍后会知道；这太复杂了，现在无法解释。我只能在满月时和你说话，这与你是在白天或晚上无关。我用于思想传输的辐射能穿过地球的固态物质。

“如果一切顺利的话，我要等到下一个满月才能再说话。我周围充满了危险。我只能请求你，快点！抓紧时间！”

女孩的嘴唇闭上了，她又恢复成一堆没有生命的黏土。

第四章“我们已经到达月球……”

女孩没有再说话。随后的几个星期，她就这么躺着一动不动。这期间，佩里制造了一块银钍样品，正如女孩说的那样：在特定的冷却温度下，它从沙床上消失，把实验室屋顶砸出一个洞，然后消失在空气中，去往永恒的太空旅行了。

坦纳有时候会过来，很少说什么，就站着看佩里雇佣的工人干活，他们正在新扩展的实验室里建造一艘金属飞船的骨架。佩里几乎没有时间说话，他的解释极其简短。他也无心关注国家领导人呼吁科学家采取行动拯救人类的号召。

格雷戈里总统一次又一次地向全世界发表演讲，内容和第一次演讲差不多，但越来越焦虑。随着世界各地男性的自然或暴力死亡，死亡率稳步上升，人类的预期寿命也相应缩短。科学家们承认自己束手无策，大家对这位孤军奋战的生物化学家的所作所为也一无所知。

收到女孩最初指示的六周后，飞船完工了。工人们只建造了骨架，佩里自己制造并安装了银钍板。他在达到临界温度之前将银钍板安装到位，然后用铍防护罩覆盖起来。就这样，一切都很顺利。

“你打算什么时候走？”坦纳问道，一边打量着灯下闪闪发光的卵圆形物体。在佩里的要求下，他在冬夜冒着恶劣的天气过来看完工的飞船。

“现在，”佩里简短地回答，“一切都准备好了。那女孩也在里面，我给她穿上了我的衣服。飞船装满了补给品、枪支和手术器械。我给了德纳姆一个无限期的假期，所以……”他耸了耸肩，“随时可以出发。”

“真希望我能和你一起去。”坦纳羡慕地叹了口气。

“什么事你放不下？”

“当然是我的工作。我不能丢下工作，想走就走。”

佩里诡异地笑了笑。“老伙计，讲点逻辑吧。过不了多久，当人们完全意识到人类已经完蛋时，他们就会开始相互争斗。男人总是喜欢找一个争斗的借口。你知道，他们就是这样卑劣的物种。像你这样的普通人怕是活不下来的，只有最强壮的人才能幸存下来。你最好抓住机会和我一起走。”

坦纳沉思了一会儿，突然点点头。

“好的，我跟你一起。你不必说这么多。反正我已经私下安排好了假期。我们走吧。”

佩里带着坦纳穿过气闸，进入了小巧紧凑的船舱，一张特制的床靠在弧形墙边，佩里立在一旁凝视着床上的胡乱穿着的女孩。他只停留了一会儿，就同时打开了实验室屋顶的开关，关掉了灯，然后他走进控制室，把沉重的盖板砰的一声关上了。

他在控制台前坐下。

“给自己找个座位，系好安全带，”他直截了当地命令道，“银钍这种元素非常强大，加速非常惊人。只要我们穿过这些暴雨云，就可以看到月亮。对了，今天又是满月。”

坦纳点点头，坐了下来。随后佩里启动开关，收拢铍防护罩，这时坦纳感觉一股重压加身。当铍防护罩收到飞船顶部时，银钍便施展了其诡异的力量，将这艘船像羽毛一样轻轻举起，以可怕的速度将它抛向了黑夜。坦纳感到陡然坠入了毛骨悚然的深渊。

佩里气喘吁吁，双手沉重如铅，奋力挣扎着关上防护罩开关。坦纳一动不动，心脏剧烈地跳动着，房间在他眼前游动。他感到呼吸困难，不久就昏厥过去。

当他恢复了意识，发觉自己嘴里有股白兰地刺鼻的味道，这时佩里正俯身看着他。佩里本人脸色苍白，精神紧张，显然刚刚承受了相当大的身体压力。

“对不起，老伙计，”当坦纳摇摇晃晃地站起来时，佩里气喘吁吁地说，“我低估了银钍的威力，它加速太快了。我已经降低速度，使我们的加速度相当于地球引力。我们现在没事了。”

“谢天谢地！”坦纳揉了揉他酸痛的头，慢慢地走到了瞭望舱门，盯着外面。不一会儿，佩里也加入了他。

一轮满月就在他们前面，月亮看起来比以往任何时候都要大和丰盈，灿烂的银光洒向星光熠熠的太空。坦纳眯起眼睛盯着它。

“那些明亮的辐射纹真有趣，”佩里低声说道，“看到它们了吗？第谷月坑、哥白尼月坑，还有其他月坑。在满月时，当太阳直接在月球表面上方时，总是可以看到它们。没有人真正知道它们是什么，是如何形成的，或者关于它们的任何信息。它们分布在月球表面的各个部分，不受山脉和其他地形的影响。”

佩里停顿下来，皱着眉头。

“怎么了？”坦纳终于问道，他还没有从壮丽的景象中回过神来。

“也许；我也不知道。我突然想到凯·万克利夫在满月时可以通过合成人体说话，恰好是能看到这些辐射纹的时候。这两者没有任何联系吗？真是很奇怪。”

“就像满月时的精神错乱？”坦纳笑着问。

“是的，这并不像听起来那么荒谬。这样的事情确实会发生。顺便说一句，”佩里若有所思地继续说，“最初一次女人死亡是在满月，之后每一次满月都会发生女人死亡，直到世界上再也没有女人了。你说，这仅仅是巧合吗？”

“你不是想把女性的死亡和星际心灵感应，还有明亮的辐射纹联系起来吧？”

“也许……”佩里重新陷入沉默。很明显，这件事让他感兴趣。最后，他耸了耸肩，转过身，坐在控制台前。

从那时起，他说少说话。几个小时过去了。他和坦纳就这样轮流控制，也不知道过了多久。他们终于意识到，一定已经过去了几天几夜，此时的月亮已经是下弦月，不再是一个圆盘，而是被寒冷月色笼罩的黑色平原。

佩里凝视着窗外，他把船驶入月球的亚平宁山脉乌黑的阴影中。他打开短波发射机，简短地说了几句。

“我们已经到达月球。接下来要做什么？等待你的指示……”

他放慢了速度，盘旋着等待。巨大而壮丽的地球消失在山脉的背后。天空只有灿烂的星尘。

第五章“我的生命掌握在你手中……”

坦纳微微一颤。他第一次意识到这一切的诡异之处：首先是这无人知晓的登月旅行，本来应该是一件惊天动地的大事；其次，是那个没有生命的女孩，现正穿着佩里的旧西装，一动不动地躺在床上。坦纳转过身去研究她，吃惊地发现她的嘴唇动了动。

“佩里！”他紧张地低声说，“那个女孩！快看！”

佩里只是瞥了她一眼，然后点点头。“很好——她准备讲话了……”他转身回到控制台上，对于女孩的神奇的短暂复活，他早已见怪不怪了。

“你已经到了月球，”女孩面无表情地说，这次她的声音大了很多，“从无线电波的方向看，你显然是在亚平宁山脉的东侧。如果你向北走，用不了多久，你会到达一个直径约四英里的月坑，很容易分辨，因为它是椭圆形的，不是圆形的。进入坑里。在月球深处，几乎在月球的地底中心，你会找到我。当你到达时，我会告诉你怎么做。”

女孩再次沉默了。佩里瞥了一眼坦纳，然后抬起下巴，打开地板上的窗口，敏锐地向下看去。探照灯照亮了月夜的星光。他调整着铍防护罩，把速度降到更低。渐渐地，飞船经过了无数的月溪、月谷和月坑，在一个月海的海底中央，他终于发现了女孩提到的那个月坑，也是四周唯一的一个。

佩里调转方向，船头向下，朝巨大洞穴的深处驶去，探照灯在黑暗中闪耀着。洞穴的直径非常宽，宽到无法看到四周的洞壁。佩里只能半开着铍防护罩，一点一点地下降。

一英里，三英里，五英里……十英里，十五英里……然后坦纳大叫了一声。

“看下面！有光线！”

佩里点了点头。他已经看到一道淡紫色的光，随着船的下降，光线越来越强，直到最后冲进了一个巨大的洞穴，他们看到了光源。在这个巨大的天然洞的尽头，有两个巨大的金属棒，非常像电极，从金属棒上喷射出稳定的紫色淡光，汇聚在两个金属棒之间的一个发光的球体上，这个球体看不出有什么支持物。

“某种能量，”佩里皱着眉头喃喃自语道，“这个想法背后也有大量的科学依据。他们已经找到了一种方法，可以在给定的点上使正负能量结合在一起，产生大量的光。干得漂亮……”

“还有机器……”坦纳喘着气，目瞪口呆，“看！一望无际的机器。到处都是机器，各式各样，大大小小的机器。就像是——对！”他吹了声口哨，“一座机器之城，而不是建筑之城！说吧，你对这件事了解多少？”

“一无所知，目前为止。”

佩里双手紧握控制装置，在这片广阔的机器之城的上空急速地行驶着。毫无疑问！这是一座机器之城，没有建筑物，没有人，只有机器——小的、矮的、完美无瑕。更重要的是，它们在工作！每部机器的轮子和齿轮都在不停地运转。似乎每部机器都有各自使命。

“这里让我很难受，”佩里出声嘀咕道，他瞥了一眼与飞船外部相连的装置。“不管怎样，这里没有空气，”他咕哝道，“唯一说得通的是，月球是海绵岩石构造，直通寒冷和没有空气的太空。这对机器不会有影响，但肯定会影响像我们这样的生物。如果我们出去，我们需要宇航服——”

“那是什么？”坦纳打断了他，指了指，“看起来像是机器守卫者。”

佩里盯着前方一个巨大的物体，它有四条粗壮的金属腿，独自立在一圈机器的中央。他把速度降到最低，爬向它，绕着它飞行，研究这玩意儿奇怪的设计。不知怎的，它有着一个人类的轮廓；它的手臂甚至还配有巨大的钳形手，笨重的四叉脚保持着重心稳定。它大约有三十英尺高，支配着周围的小型机器。显然它自己是一动不动的。炮弹般的头部上有两块凸起的镜片，像是两只突起的眼睛，这更营造出一副人类面孔的怪异效果。

“天哪！”当佩里又一次绕到它后面，突然尖叫起来，“我刚刚在一块金属板上看到了印刻在上面的文字，上面写着‘福勒公司’。他们是纽约最大的建造公司。这东西属于地球——”

“停下来！”

佩里和坦纳听到指令后都转过身来，是那个女孩在说话。佩里透过窗户再次瞥了一眼那怪物，然后他慢慢地把船开到这庞然大物面前。

“是——凯·万克利夫在里面吗？”坦纳低声问道。

佩里还没来得及回应，女孩又开口了。

“现在听我说！这个金属机器人里有三个大脑，它们装在空调箱里，浸泡在一种能维持生命的液体中，这三个大脑是我自己的、我父亲的和我母亲的。你应该也按照我的要求带了手术器械吧？现在听好了。在这个机器人的头部，我的大脑装在某个特殊的位置。你要拆下装着大脑的玻璃盒，切断侧面的连接线。然后，对放在第三区的大脑进行麻醉，将它移植到你制作的合成人头骨内。它应该完全适合那个地方，当然现在可以把原来的大脑处理掉了。你要连接所有的突触、神经节、神经元等等。你可做到。你合成的人体没有瑕疵，剩下的工作不难。记住，我的生命掌握在你手中。一旦我苏醒，我再和你解释。现在还不是时候。”

当女孩的嘴唇停止说话时，佩里陷入了沉思。然后他转向橱柜，从里面拖出一件宇航服和一个小型便携式伸缩梯。

“你打算按照她说的做吗？”坦纳问道。

“当然。你以为我们来干什么？我可以做她想做的事。当我制造这个女人的时候，我掌握了所有关于手术的知识。你得来帮我。从壁橱里拿出另一套宇航服穿上！”

坦纳很不情愿地点了点头，等佩里打开气闸，跟着一起出去。过了一会儿，他们来到飞船外部，他们走路时不得不弯曲双腿，以适应较小的重力，船外的引力比在船内要明显小得多。

佩里慢慢地朝前走去，将梯子放在怪物面前，徐徐地爬到顶部，在怪物的绿色“眼睛”，也就是巨大的复合透镜上方停了下来。

他轻而易举地找到了存放脑室的地方，从腰带上拿出各种工具，开始工作。十五分钟后，他穿过迷宫般的电线，取出了一个透明的容器，里面灰色的大脑漂浮在淡黄色液体中。剩下的两个大脑仍然留在原处。

坦纳疑惑地看着它，甚至有些恶心。他不是生物学家。佩里戴着头盔，玻璃后面的面孔没有丝毫不安的神色。他戴着手套，手里拿着珍贵的玻璃盒，小心翼翼地走下梯子。直到他关上气闸，脱下宇航服，他才松了一口气。

“咻！真不是件容易的事。”

“我不喜欢，”坦纳咕哝道，“这一切有点可怕。它——它看起来真恶心，佩里！”

“见鬼去的恶心！”佩里反驳道，卷起袖子，用消毒液洗手，“人类的大脑就是长这样。我很少见过发育这么好的大脑。来吧，帮我穿上这件手术服！”

他抬起双手，穿上一尘不染的白色手术服，戴上橡胶手套和口罩。

“你最好也这样做，”他简短地命令道，“你得帮我一起干。打开手术灯。”

坦纳开了灯，洗了手，做好了准备。佩里把女孩抱到灯下的长桌上，打开玻璃盒，把女孩的大脑放入麻醉箱。

坦纳靠过来，不禁惊叹佩里的精湛技巧，只见他灵敏地用手术器械支撑着活的、麻醉过的大脑，小心避免器械触及会造成的伤害。佩里本人倒不认为他需要赞美。现在做的事，与用原材料制造人体相比，简直是小菜一碟。他最担心的是完成手术后能否给这个美丽的身体带来生命，到目前为止，这只是一个传声筒。

一个小时过去了，佩里在灯下奋战着，坦纳在一旁不辞辛劳地协助。合成人体的头骨打开了，无用的大脑被活的大脑取代。佩里用电磁波和闪闪发光的手术器械，将关键部位一个一个连接起来，之后缝合头骨，涂上一种辛辣的药膏，缝合处甚至没有留下一丝疤痕。由于手术将整个头骨顶部取了下来，所以连头发都不需要剃掉。手术快结束时，只有一道苍白的细线，绕过女孩的头顶，越过她的眉毛，这是这次奇迹般的手术唯一留下的痕迹，然而这道细线也迅速消失不见了。

佩里站在一旁，用毛巾擦了擦满脸的汗水，不由得颤抖着。女孩一动不动地躺着，但当她大脑的麻醉药效逐渐散去，她的胸部开始上下起伏，苍白的脸上第一次有了血色。

佩里抓起听诊器，放在他心口。

“她活过来了——终于！”他低声说，“每分钟六十下。等她完全苏醒时，会达到正常的七十二下。反射正常……”

他侧过身来，默默地又好奇地看着这个女孩，充满着期待。仍有一些事情让他感到困惑。

“为什么一个活着的大脑放在一个从未活过的身体里，会产生生命呢？”他自言自语道，“难道这个女孩揭开了生命的秘密？生命只在大脑中吗？”他停止了思考，叹了口气，坐下来等待。

一个小时后，他和坦纳的辛苦得到了回报，女孩慢慢睁开眼睛，蓝色的眼睛里满是惊奇。

第六章“我会告诉你们我的故事……”

两人立刻来到了她的身边。

“你终于活过来了！”当她那双炯炯有神的眼睛看向佩里，佩里欣喜若狂，轻声地对女孩说。然后他转向坦纳：“营养剂，快！”

“好的。”

他们站在女孩两边，抬起她的头和肩膀，将刺鼻的营养剂喂到她的嘴里。她咳嗽了一会儿，喘着气，很快就完全恢复了知觉。她慢慢地坐了起来，小心翼翼地活动双臂，扭动手指。佩里站在那里，一言不发地注视着她。她现在比以往任何时候都更美丽，她活了过来；但他仍然无法理解这个奇迹。

女孩终于转向他，微微一笑。

“所以是你让我重获新生的，我得好好感谢你，我的朋友！”她激动地说，她又活动了一下手臂和手指，“你可能无法体会！用了几年的机械四肢，再次拥有一个身体是多么美妙。”她慢慢站起来，让自己适应了月心引力，然后走到墙上的镜子前。

“这真是不可思议！”她惊呼道，“当你为我做合成人体时，机会法则一定是发挥到了极致，怎么称呼你，先生？”

“米尔斯。佩里·米尔斯是我的名字。这是我的朋友比尔·坦纳。我想补充一句，万克利夫小姐，我们都不知道这一切是怎么回事。你能给我们解释一下吗？”

“让我来告诉你们……”女孩慢慢地从镜子前转过身，她的蓝眼睛庄重而严肃。她坐在离她最近的椅子上，一边说话，一边惊喜地不停地挪动着双腿。

“我父亲偶然发现了‘银钍’这种金属，我们意识到这种金属可以让我们遨游太空。当然，我所说的‘我们’是指我的父亲、母亲和我自己。但我们也意识到，在探索某些行星时，我们必然会遇到一些非常恶劣的环境，例如有毒的空气，甚至没有空气，奇怪的野兽和东西，各种各样的麻烦。这让我父亲很担忧。如果我们想进行一次完完全全的太空之旅，不能只靠太空服。出于这些疑虑，他提出了太空机器人这个惊人的计划。”

“那个站在外面的巨人？”佩里迅速问道。

“就是它，没错。还有一个相当大的疑虑，就是我们的身体是否能承受银钍惊人的飞行速度，如果我们速度不够快，我们这一生都来不及完成一次宏伟的太空旅行。我父亲终于做出决定，最终我和母亲也答应了。我们得到了父亲的朋友丹弗·霍尔博士的帮助，他是一名神经科专家和外科医生，他认为这个想法是可行的。这个计划就是要移植我们的大脑，这对于二十一世纪的外科手术来说绝不是难事，当然，我们要把身体留下，等我们回来的时候再启用。我们的身体将会被长期麻醉，它们至少能保存十年。霍尔医生会照顾它们。”

佩里苦笑道：“原来如此，你可能不知道，霍尔博士突然去世时，你们的身体都被埋葬了。”

女孩耸耸肩：“我不知道，但我怀疑会发生类似的事情。这不重要，因为你是合成人大师。话说回来，我们三个的大脑被霍尔连接到太空机器人上，三人一起控制，系统对我们的大脑指令做出了完美的反应，实际上比原来的身体还要灵敏得多。我们秘密离开了地球；我父亲不想在他带回一些证据之前泄露任何消息。我们以‘惊人的速度’穿越太空，月球是我们的第一个停靠点。从那以后我们就再也没有离开过这里。”

女孩的脸色有些凝重。她从椅子上站起来，走到窗前，凝视着这片机器之城。

“你们知道吗？”她缓缓地问道，“这些机器是活的。”

“活的！”坦纳吃惊地说，“但是——但它们不可能！没有机器真的可以——”

“要怎么说呢，”凯回应道，她转过身来，“我的意思是最后一代月球人为了免于灭绝，采用了和我父亲一样的方式。在我来这里的这些年里，我弄明白了是怎么回事。

“当他们发现他们的世界正在分崩离析，太空寒潮和真空时代即将来临时，他们将自己的大脑转移到可以承受极寒气候的机器上，这样他们自己也获得了机械一般的永生。机器中的大脑不会轻易死亡，因为它不再迅速衰老。而且没有血液或其他杂质对其造成损害，它可以——而且的确可以——持续存活数万年。当然这是在月球上，我怀疑这是否能在地球上实现。

“好吧，当我们到达这里时，这些机器大脑完全困住了我们；他们在我们周围施加了某种电流，阻止了银钍的工作。”

“顺便插一句，月球人是从哪里获得运行的能量的？”佩里问道，凝视着外面井然有序地运转着的机器的连杆、杆和活塞。

“来自太阳。月球在许多方面都很奇特，但它最惊人的能力是它能吸收太阳辐射的能量——像电波、各种辐射等等。月球如同是一个巨大的蓄电池。某些岩石的脉络是纯磁性的，特殊的氧化物可以储存从太阳接收到的电流。

“上面那两个巨大的电极是月球人制造的，用于持续供应储存的能量。所有的电力和照明都来自那里。只有在月球上的某些点上，吸收效应消失了；它们可以通过一些岩石断层将太阳辐射反射出去。你可以称它们为盲点。这些盲点就是满月时你们在地球上看到的明亮的辐射纹。”

“这意味着，如果我没猜错，你利用它们向太空直接传递你的思想？”佩里缓缓问道。

“是的，但这并不是那么容易。这些明亮的辐射纹是向地球这个最近邻居发射信号的天然载体。太阳发射的无线电波，威力巨大。它们直射到月球，从盲点反射到太空。自然地，大量的无线波会反射到地球。它们可以携带任何月球人想要传递的辐射波——他们也这样做了。我一会儿再跟你细说这件事。现在我最好解释一下我的思想是如何到达地球的。

“这纯属偶然。当意识到被困，我们试图通过无线电向地球发送信号，但是我们周围的电子防护墙屏蔽了信号。后来，我们想到另一个办法。思想波可以安全地穿过防护墙，而它的波长又远远短于无线电。我们将无线电装置改装成了一个思想波发射器——不是很困难，因为思想波和无线电波除了长度之外几乎是相同的。我们将这些思想波通过明亮的辐射纹这个天然载体发射出去，这些明亮的辐射纹只有满月的时候才出现。

“这些年，每到满月我们都会发射信号。我们希望这些信号能被地球上某台无线电设备接收。我们唯一成功的机会在于这台无线电设备要有完全匹配的接收线圈。机会非常渺茫！但我们真的碰到了。我们的仪器显示我们连接上了。这是这么多年来从来没有发生过的事情。”

女孩沉默了一会儿，然后她的眼睛变亮了。

“随后我突然意识到我的思想波不仅被接收，而且正在被转换——但不是通过无线电设备，因为我父母的思想波完全没有被接收到。最后，我找到了原因。不知怎的，有一个与我自己完全相同的大脑诞生了。我的每一个想法都通过这个身体传递，就像我是一个活生生的人一样。这只能意味着出于某种偶然的原因，我自己的复制品被创造出来了，大脑也完全和以前的一模一样。这一切怎么发生的，我不知道。我要说的话完全通过我的复制品表达出来。你们现在明白了吗？”

“说得很清楚，”佩里点点头，“从某种意义上说，这是心灵感应的远程控制，在这种情况下，唯一不同是，一个是思想波，一个是无线电。尽管我能理解这一点，但我不明白为什么只有大脑才是生命的奥秘所在。”

“并不是！”女孩连忙反驳，“大脑是转换思想的器官。思想才是生命；没有它就没有生命。思想的真正来源是一个谜，要么就是以太本身通过大脑运作——但事实是，只要大脑能思考，它就可以使身体活着。这就是为什么你的合成人体直到里面有一个会思考的大脑才活过来。你不能创造思想，因此不能创造生命。记住那句名言——‘我思故我在'。"

听完女孩说的话，佩里沉默了很久。最后，他慢慢地说："你们的求救方式真是太巧妙了。"

凯耸耸肩。"如果不是碰巧你为我制造了一个完全一样的合成身体，我的求助也是白费气力。我要感谢我能活过来，拥有真实的身体，还有——"她停顿了一下，叹了口气，"但是我不能高兴得太早！毕竟，我们还没有走出困境。从我对月球人的了解来看，他们想占领地球。几代人以来，他们一直企图用专门的辐射来消灭人类。但唯一的效果是在满月时使一些人精神错乱。当然，这已经是公认的事实了。"

佩里笑了："是的，因此'疯子'（lunatic）这个词就是来自月亮（Luna）。"

"就在我们到达这里之后，月球人设计了一种新的控制系统，影响女性的大脑，女性大脑对太空变化的敏感度远高于男性。所有活着的女性，和雌性动物、昆虫这些，都被消灭了，不是吗？"

"这就是我制造你的原因。"佩里痛苦地说。

"人类会因为无法生育而灭亡，"凯若有所思地说，"但月球人还没有破解太空旅行的诀窍。当我们到达这里时，他们意识到这个诀窍触手可及。但到目前为止，不管他们怎样威逼利诱，我们都没有泄露一丝一毫。他们指望最终把我们耗垮，这就是他们把我们关在这里的原因。

如果他们到达地球，他们也希望能找到肉身来寄生，要知道他们有多渴望能摆脱这些笨重的机器。所以就目前情况来看，我们处于这样的僵局。”

第七章“把我们的秘密告诉月球人……”

狭小的控制室陷入一片寂静。佩里垂着头站在那儿。坦纳终于开口了：

“你们不觉得奇怪吗？我们从机器人身上取下凯的大脑的时候，他们没有攻击我们。”

女孩马上笑道：“你们可能会发现他们已经把你们牢牢地困在这里了，就像困住我的机器人一样。你们的控制装置可能已经失灵了。”

“什么！”佩里大吃一惊，转身走向控制台。

女孩是对的。当铍防护罩滑到一侧时，银钍板没有反应。

“你看吧！”凯叹了口气，“这是关押囚犯的好办法。幸运的是，电流不会影响血肉之躯，这就是我们没事的原因——也是为什么你可以毫发无损地将我从机器人身上移开。”

坦纳咕哝了一声：“虽然我们现在知道了前因后果，我们还是无能为力！地球上仍然不会有女性，因为合成人体需要一个活的大脑才能赋予生命，我们要怎么做呢？不管怎样，我们被困在这里了，这些该死的机器很快就会袭击我们。”

“除非你攻击他们，”女孩小声插话，“什么都别做，你就没什么好害怕的。”

“但我们不能一直这么被动！我们要行动。”

“活的大脑——合成人体。”佩里突然说道，开始踱来踱去。

“让我把事情理一理。我们现在的情况是，双方都不肯妥协，因为大家都迫切需要对方手里的东西。万克利夫小姐，在我看来，这些月球人想要占领地球，这个更年轻的世界，这样他们就能想办法回到以前血肉之躯的生活方式，再也不需要借助机械了，对吗？”

“正是这样。”凯点点头。

“嗯……因为害怕遭到抵抗，他们消灭了人类的女性，知道剩下的男性将会在一个世纪内灭绝？”

“又说对了。”

“他们是顶级的科学家，”佩里慢慢地继续说道，若有所思地凝视着他的前方，“因此，除非是别无选择，他们不会使用卑劣的手段。即便是人类，在饥饿面前也会屠杀自己的爱马来充饥。他们并不是无药可救的恶魔。”

“你到底想说什么？”坦纳直截了当地问道。佩里淡淡一笑：“早在 1980 年，地球人就认识到，通过仲裁获得持久和平是最可靠的办法。国家之间的友谊在于了解不同国家的最大需求，交流与合作，才能永葆世界和平。好吧，这教会了每个真正的男子汉，暴力不是解决分歧的方法，合作才是秘诀。我正在努力将这些理论付诸实践。如果你愿意，可以称我为地球大使或外交官——我想到了解决双方困难的办法，就看我怎么来斡旋了。这些人并不邪恶，否则他们早就大开杀戒了，或者老早就消灭了三脑机器人，并了解了它的秘密。相反，他们宁愿耐心等待直到对方迫不得已妥协——”

“更可能这是他们唯一的办法，”坦纳厉声说，“他们永远不会知道那个秘密，除非你们告诉他们，是吗，万克利夫小姐？”

“是不太可能发现这个秘密，”她承认，她奇怪地看着佩里，“你到底要说什么？”

“就是这一点。月球人不能太空旅行就无法行动。没有女性大脑安装到合成身体上，人类就无法生存。这不是一个数学难题，这是常识。试想将太空旅行的秘密作为回报，月球人会同意让他们的女性大脑装在合成身体上吗？这样，我们的种族就会得救。”

“你疯了！”坦纳喊道，“地球很快就会被月球人占领。老天！想想这即将爆发的战争吧！这正中他们的下怀。拥有科学脑的月球人对付地球上仅剩下的男人们？我们还是死路一条！”

“战争？不！”佩里坚定地摇了摇头，“月球曾经是地球的一部分。地球人和月球人具有相同的基础原生质。由于不同的行星状态，它们的进化不同，仅此而已。高端的科学不会引发战争，而是进步。”

“是的，就像把地球上的女人赶尽杀绝，嗯？”坦纳厉声说道。

“科学会称之为必要的淘汰。”佩里停顿了一下，看着坦纳和女孩。“你们看不出来吗？”他问道，“除非我们告诉他们，月球人永远发现不了银钍，而我们也跑不掉。另一方面，除非借助月球人的大脑，否则人类无法生存。这就是问题的根本。”

“也许你是对的，”凯沉思着，“毕竟，他们可以极大地推进地球的科学。”

“没错。”佩里奇怪地笑着。坦纳心里坚信佩里并没有说出他知道的一切。那种诡异的笑容，他太熟悉了。

佩里突然转向女孩。

“要怎么和这些机械人交流？”他简短地问。

凯转身指向窗户外一台特殊的机器，它由一个巨大的圆柱体组成，两侧用支架支撑着。它看起来非常像一个巨大的录音机。此刻这台机器一动不动。

“就是它，这是电子思维记录仪，”她平静地说，“它能记录思想波，然后通过某种加工，工作原理我没必要解释，将你的语言用内置的数学方法转换成月球语，之后再把月球语转换成英语。这就是我们用来交流的方式。”

“这些机器人能直接读取我们的想法吗？”佩里焦急地问。

“他们本身无法读取想法，只有思维记录仪才能做到这一点，而且你得向它导入你的信息。”

“太好了！”佩里点点头，显然松了一口气。他转向壁橱，拿出他的宇航服。几分钟后他就到了外面，站在那台奇怪的机器前。圆柱体在缓缓转动。

坦纳瞥了一眼身旁的女孩。

“我觉得这方法不行，”他轻声说，“照我看，佩里是加速了地球的灭亡,而不是拯救地球。”“我在想,他是不是……”女孩的眼神若有所思，“我相信他。他为我做的一切，让我对他深信不疑。”

坦纳什么也没说，困惑地皱着眉头。

佩里花了一个小时传达他的信息，在接下来的一个小时里，他什么都没干，就在控制室里焦急地走来走去，完全无视坦纳为他们三个人准备的食物。他一次又一次地走到窗前，终于，他看到了回复的信号——一长卷金属从奇怪的圆柱体中喷出。

几分钟后，他从外面进来，脱下了宇航服头盔，急切地展开了金属信笺上的信息。他惊奇地发现上面拼写准确、格式得体，看了一会儿后他发出一声欢呼，凯和坦纳也围过来看回信。

“他们同意了！”他兴高采烈地喊道，“他们同意了！自己读吧！”

不需要多说，答案就在他们眼前。

“你们的消息已经收到，我们的人民很感兴趣。我们已经就此事进行了辩论，并决定接受你们的提议。我们意识到你们不可能为我们提供我们过去拥有的身体，因为你们不了解月球生物的解剖结构。此外，我们也意识到我们使用地球人的身体是我们在你们星球上轻松落脚的唯一途径。

“我们对你们没有歹意——我们只想离开这里，拥有血肉之躯，摆脱机器的束缚。我们将自己交到你们手里，但我们在地球上进行合成手术期间，我们需要一定的保障，必须由我们的人来监工，以防任何欺骗行为。我们相信你们，但你们不能对你们种族的其他人负责。

“我们只需要银钍。我们的机器之躯，能让我们没有飞船也可以进行太空之旅。我们的诚意，毋庸置疑，因为我们需要尘世的身体胜过宇宙中的任何其他东西。作为回报，月球科学的秘密以后就是你们的了。”

佩里把金属信笺放在一边。

“呸！”坦纳咆哮道，“这些都是空头支票，一旦他们知道太空旅行秘密并拥有了人类的身体，他们就会开始行动，将人类从地球上抹去。”

佩里微微一笑，笑里有一丝冷酷。

“关于这点，”他平静地说，“还有待观察。目前，我相信他们。”

佩里马上行动起来。他向万克利夫博士，确切地说是博士被囚禁的大脑讲述了他的计划，征得博士同意后，佩里就交出了银钍的秘密。此后的数周时间里，他们无事可干，就看着月球人用极其先进精密的工程机器批量制造银钍，并将银钍安装到的月球人身上，这些月球人数以万计，生活在这个巨大的地下洞穴里。

到目前为止，月球人一直信守着承诺。启程前往地球的时刻终于到来了。

佩里率领着大部队驶出地下通道，万克利夫的双脑机器人紧随其后，更远处，跟着成千上万月球人组成的庞杂的机器列阵。

迎着耀眼的阳光，他们进入太空，越过鸿沟，抵达地球的美洲大陆。庞大的月球人部队驻扎在纽约城外，地球人惊慌失措，他们以为这是一次外星人入侵，这可真是雪上加霜。

随后佩里通过世界电视联播发表了讲话。总统、国王和独裁者们都听了他的讲话，科学家们忧心忡忡，外科医生们惶惶不安。

“我们现在提供的合作是人类生存的最后希望，”佩里对着他面前的一组发射器平静地说，“你们已经听了我的计划，这是唯一可行的方案。世界上每一个有医学知识的人，每一个外科医生，都必须来到纽约。为了我们的计划，我们要设立专门的医学院，培训专业人士来制造合成人体。这些合成人体一旦植入月球人的大脑，就会获得生命。这可能需要数年时间——多年艰苦的努力——但成败取决于此，我知道你们会同意的。”

佩里的判断是对的。世界各地的人们都同意了他的方案，数量空前绝后的医学专家拥入了纽约。甚至曾经当过医生的格雷戈里总统也加入了他们。月球人的机器大军盘旋在他们头顶上，昼夜不停地等待着、注视着，准备毫不留情地打击任何背信弃义的企图，这让地球人更加努力。

佩里和他那庞大的、不断壮大的医疗大军并没有背信弃义。他们渴望生存，就像月球人渴望肉身一样。

几个月来，巨大的外科实验室在四面八方涌现。整个世界只关心佩里最初计划中的合成男女的制造进展。他计划制造五千男人和五千女人，并和月球人达成一致先制造合成女人。

佩里本人首先专注于重建埃罗伊德·万克利夫和他的妻子的身体，他的努力得到了回报，夫妇俩完好地复活了，一家三口终于团聚。他们的女儿凯一直在佩里身边全力协助他的工作。

坦纳也改变了态度，对这个项目充满了热情，尽管他内心仍有疑虑。

一年过去了，然后是两年……五年……

合成人无处不在。日复一日，越来越多的大脑被转移到等待的身体中，机敏的月球机器观察员数量也相应减少——

终于有一天，每个大脑都被赋予了尘世的身体。最后一个月球人也和他之前的伙伴一起融入了地球人之中。

“我实在无法理解！”万克利夫博士站在外科实验室里查看合成人进展报告时说道，“这些男人和女人，本质上是试管合成的，拥有令人难以置信的聪明才智，却非常满足于现状。在某些情况下，地球人娶了有头脑的月球女性——而月球女性虽然聪明绝顶，却安于平凡的家庭生活。我弄不明白！你恢复了人类的平衡，佩里；人类恢复生机只是时间问题，但是——”

万克利夫博士停顿了一下，皱起眉头，“为什么他们没有一个人试图夺权？我原本以为他们会这样做。”

“我也这么想，”坦纳大声附和道，“我随时准备着他们会使出一些卑鄙的手段。”

“我也是。”凯低声说，瞥了佩里一眼。

佩里慢慢地笑了笑，打量着聚集在一起的外科医生。“再过几个月，世界将恢复正常，”他平静地说，“商业也将恢复。纽约城外是一片广阔的机器海洋，这里面有着我们需要知道的月球科学的所有秘密。它们很容易被破解。这些机器以前住着大脑，这些大脑现在被转移到了地球上的合成男人和女人的体内。

“月亮完全没有生命了；一点威胁都没有了。我冒了很大的风险，我的朋友们，但结果是成功的。这些月球人没有读心术，因此他们永远不知道我内心深处的想法。此外，他们对女性的毁灭是卑鄙的，尽管我当时不是这么说的，那只是为了阐明我的论点。我利用他们的女性来弥补我们的赤字，从而扭转了局面。”

“但是，你是怎么办到的？”万克利夫博士问道，“她们的行为就像普通的地球女性一样，因此——”

佩里举起手示意大家安静，继续说下去。

“月球人之所以拥有天才大脑，是因为月球的引力是地球的六分之一。当月球人是血肉之躯时，较小的重力使血液更饱满、更清澈，以滋养他们的大脑。他们的大脑之所以变得聪明，是因为他们有完美的血液循环，而这种循环只需克服很小的重力。

“但是，当他们被赋予地球身体时，他们自然要应对地球引力，而地球的血液循环却不像在月球上那样顺畅。结果是大脑没有得到很好的滋养，不再能够获得那些奇思妙想。他们被一个生物学事实打败了。他们再也不会聪明了；他们是尘世的！”

“天哪！”万克利夫博士喘着气，茫然地盯着佩里，“你说得对！

居然没人想到——”

“他们为什么没想到？这是显而易见的事情，却被熟视无睹。”

当科学家们聚在一起讨论这件事时，佩里转过身去，一只手搭在凯的胳膊上。

“真有意思，”他喃喃地说，“我不太清楚我是否应该征得你父亲的同意才能娶你。毕竟我创造了你……”

“创造了我的身体……没错，”她轻声同意，“还有我对你的爱。从我这双人造眼睛看到你的第一刻起，我就爱上了你。没有人会质疑你对两者的所有权！”

作为回答，他将她抱在怀里，她感到他微微颤抖。

“佩里！”她关切地问，“怎么了？”

他满怀感激，缓缓答道：“是因为，我第一次意识到，没有女人的世界是多么的可怕！”

黄金女战士

维奥莱特·雷，太空神秘女子，来到地球实施轰炸，克里斯·威尔逊追入太空复仇。

第一章 兵变——公元 2040 年

在地球开往火星的太空飞船专列里，贝德森指挥官站在控制室里，旁边是他的技术人员们。

“又是瑞德·坦纳，嗯？”他神情严肃地问总工程师。

“是的，先生。他在火箭舱里闹事，而且大家都支持他。你知道他的套路，提高工人们工资和改善工作条件。”

“提高工资！”贝德森愤怒地喊道，“我的天啊，这傻瓜以为是我在经营这该死的航线吗？我们都想要更好的待遇，但当一项服务刚刚开始时，它就付不了多少钱。我们只是先驱，所以我们必须忍受……”

“这是个大麻烦，要试图安抚他。”总工程师低声说。

“你必须安抚他，达顿先生！”指挥官厉声说道，“我们担不起眼下的风险。我们有乘客需要考虑，还有专门为火星实验室运送的有待分析的土星细菌。船上有这样的货物——”贝德森停下来，深吸一口气，用鹰眼凝视着港口，“此外，现在我们正在接近金星重力场，这非常危险。动力上的一点点错误都可能会毁了这艘船。去吧，达顿先生，不惜一切代价维持严格的秩序。”

“我会尽力的，先生。”

工程师走到门口就停了下来，因为门被猛地踢开了。瑞德·坦纳，所有麻烦的源头，站在门槛上，手里握着一个金属的扁酒瓶。

“又喝酒了，嗯？”达顿吸了口气，“现在我懂了！难怪你们这么大火气！把那该死的祸害收起来，瑞德，回去工作——”

“噢，闭嘴！”坦纳粗暴地打断他。他挺着大块头走进控制室，站在军官中间，脚步摇摇晃晃。他的个头很大——足有六英尺六英寸，像个巨人，几乎赤裸的身体满是火箭尾气的烟灰，汗湿的头发垂在他那张结实、丑陋的脸上。

“听着，你……”他面对贝德森指挥官，眯着眼睛看着他，“我要我应得的，下面的其他人也一样。他们都百分之百地支持我。看到了吗？为了这么点钱，我们得在船舱底下忍受高温和低重力！我家里有一个妻子和一个刚出生的女儿。凭这么点工资，我怎么能养活她们？”

“你接活的时候就知道工资是多少，”贝德森厉声说，“回去工作！否则你就等着再进监狱吧！”

“你休想！”瑞德咆哮着，把他的瓶子扔到控制室的角落里，“我要一个公道！你们这些高高在上的老爷们，把钱都赚走了。我们有什么？什么都没有，吃的东西连火星沙漠上的蜥蜴都不吃……我们喝酒——是的，我们是喝酒，那是为了麻痹自己继续干活——为你们这样的人卖命！但要结束了！现在就要结束了。明白吗？”

贝德森指挥官站在那里，双脚分开，双手放在身后，冷冷地盯着瑞德·坦纳。

“瑞德，要么你下去，要么我把你抓起来。你还有一次机会——快走！”

“我们就是要讨一个公道！”瑞德喘着粗气，灰色的眼睛闪着怒火，“我要求你们签署一份声明，说明我们的工作条件很糟糕；我也要求你们提高我们的工资——”

“我办不到。这是董事会决定的。”

“你的意思是你不同意！”瑞德突然咆哮道，“你只在乎自己的工作，这就是为什么！上帝啊，给我一次机会，我要和这些高层算账！我只要求一次机会——我现在就要开始！”

他又转身走到门口。“好了，伙计们！”他吼道，“给我上！”

说完他又回到了控制室，朝指挥官的下巴猛地挥出一拳，指挥官顿时失去了知觉。

在茫然与惊恐中，达顿工程师才突然意识到发生了什么事。其余的人一定是跟着瑞德从火箭舱上来了，等待会议的结果再采取行动。然而现在——在飞船的神经中枢，没有人管事，没有人对抗金星引力的拖拽。

“等等！”达顿尖叫道，“等等，你们这些笨蛋！这是自寻死路，如果……”

只觉眼前一片刺眼的光芒，达顿倒了下去。瑞德站在他跟前，暂时从混战中抽身出来。

“该死，但我真希望你是我那些脏兮兮兄弟中一个——”他低声嘀咕道。

“让我也给你一拳！”当一名军官冲向他时，他挥舞着拳头。控制室顿时一片混乱，噪音传遍了整艘飞船。

在餐厅，金星的吸引力尤为明显。船向一侧倾斜，把陶器、桌子和人扔到一边，犹如地震一般。镜子裂成碎片，女人们惊声尖叫，巨大的钢琴猛地向琴师的肚子砸去，压死了他。

理查德·雷跳了起来，抖着裤子上滚烫的汤；千钧一发之时，他又紧紧抓住受惊的妻子乔伊斯，避开了飞速坠落下来的吊灯和无数锋利的碎片。

“飞船失事了！”一个声音尖叫道，“我们正在向金星坠落！”

“准备逃生船！”

“我们的宝宝！”乔伊斯突然惊恐地喊道。她转过身来，和她的丈夫疯狂、绝望地跌跌撞撞地穿过人群，此时飞船里一片混乱，黑暗中夹杂着星光、金星的光芒以及电线与木镶板燃烧的火光。

终于，两人摇摇晃晃地走上拥挤的楼梯，来到了他们的小屋，从婴儿床上抱起那珍贵的襁褓，又跑了出去。他们紧紧抱在一起，在惊慌失措的人群中挣扎、推挤、抓挠，直到突然亮起一盏耀眼的聚光灯，他们才停了下来。

一名军官站在一艘逃生船的气闸处，手里拿着射线枪。

“妇女儿童优先！”他咆哮道，“要是男人想通过这扇门，我就开枪……快点！”

乔伊斯还在犹豫，接着就被理查德推了上去。她瞥见他惨烈的眼神，随即他消失在人群中。她无助地把珍贵的襁褓紧紧抱在胸前，穿过气闸挤进了昏暗的逃生船。

接下来发生的事情对她来说简直就是一场疯狂的噩梦。女人一个接一个地压在她身上，飞行员徒劳喊着说没有空位了……他必须有空间来发动火箭喷管——

乔伊斯唯一能做的就是使出全身气力，将婴儿举过头顶，好让婴儿免受周围越来越强大的挤压……终于她感觉到飞船冲进了太空，而她麻木又痛苦的双臂也失去了所有知觉。在半昏半暗的人群中，她听到疯狂的喊叫声。

"我必须有操纵的空间！我必须有空间！"

"天啊，我们在坠落——坠落！"

乔伊斯只听到了这些。她的心脏和肺部承受着难以忍受的压力。周围漆黑一片，只听见震耳欲聋的哭天喊地声。

第二章 二十年后

克里斯·威尔逊是纽约月球观测台代理台长，他对自己的职位颇感自豪。观测台位于纽约市中心，五年来，他管理着这座独特建筑物里的员工，并深受他们的爱戴。观测台最主要的任务是绘制一幅巨大的月球地图，这需要根据大约七百万张独立的三维照片制作而成；为了确保夜间能拍摄到精确的图片，这项任务要依赖建筑物楼顶的巨大摄影反射器完成。

克里斯经常独自操作反射器，他端坐在控制器的中央，有着一头浓密的头发，肩膀宽阔，手指在一个类似打字机键盘的装置上敲打着，这台装置控制着他眼前这个巨大的仪器。

在某种程度上，这份工作是单调的，但很有趣。至少这是一份可以干一辈子的工作，在 2060 年这个疯狂、匆忙的世界里，这份工作是值得拥有的……

1 月 7 日这晚，克里斯像往常一样坐在大楼高耸的玻璃穹顶下，双手闲置在键盘前，黑色的眼睛不时地投向巨大的望远镜，望远镜对着纽约市泛光灯塔……整座城市尽收眼底，好似由一百万个光影组成的疯狂拼图。对于下面纷纷扰扰的人群来说，月亮只是黑夜的一个有用的附属品，而对他而言，这就是他的生命。

他脸庞宽阔，带着淡淡的微笑，瞥了一眼东方地平线上的淡淡红晕。半个小时后，月亮就会升起。他坐下来等待，控制装置已准备就绪，随时可以开始通常的夜间工作。在这片刻的放松中，他想到了很多事情——

例如，从事这项月球任务的工作人员，他们正在天文台下方办公室里忙碌着；然后他想起了刚刚突然来访的多萝西·雷纳特，一个苗条、有点害羞的金发女郎，他希望自己不久后能娶她为妻。多萝西是太空大亨阿尔瓦·雷纳特的侄女，阿尔瓦·雷纳特正是这个月球观测站的资助人。

克里斯一想到这就笑了。他能够想象出今晚晚饭后他们会做的事情，那就是在女孩的高级公寓里玩火星桥。火星桥有一种独特的魅力……克里斯没有时间消遣。他的生活被地图、科学利益以及与宇航员的访谈占据，他密切关注着月球上有趣的细节。他对太空航线有极大的兴趣，想起二十年前过时的叛变船，他笑了。

当东方的红晕加深时，他突然抬头看了一眼。与此同时，他的眼睛瞥见了一台闪闪发光的太空机器，速度快得难以置信，仿佛一个小黑点，向着他的玻璃穹顶猛冲下来，极其危险。他屏气凝神，以为它会撞上来，随后这个小虫子就随着发动机的轰鸣声消失在夜色中了。

“疯子……”他喃喃自语，然而脑海里有什么东西挥之不去。那艘船上的“超能号（Ultra)”这几个字一闪而过。他皱了皱眉头，想起他以前听过这个名字，它与太空航线中的一位神秘女子有关。有人称她为“女魔头”,有人称她为“女神”,但最为人所知的是“黄金女战士”。

“真想知道为什么这么叫她？”他沉思着，然后他耸了耸肩，转身回到他的控制面板前，准备调试反射器。在他等待的时候，听到一些细微的声音，但这时他的全部注意力必须都集中在望远镜上——容不得半点分心。

他一动不动，眼睛盯着望远镜。然而，就在这段时间，他听到了更多奇怪的声音。又是一阵微弱的嘎吱声，他不得不不耐烦地抬起头来。

“马上从椅子上下来！”身后传来一个声音。

他目瞪口呆地盯着屋顶的紧急出口。出口的锁被无声的火焰炸开了，正在摇摇摆摆地晃动。门槛处，在外面夜色的映衬下，有一个女孩的身影。她大概有五点八英尺高，穿着短裤和无袖的闪闪发光的衣服，脚上穿着一双合脚的皮凉鞋。

在刺骨的寒夜中，这样的穿戴，简直不可思议。有好几秒钟，克里斯都说不出话来。他坐在那里，惊叹着女孩完美无瑕的身材，她光滑的皮肤上，泛着奇异的金色光泽，一头波浪状的钴蓝色短发，深紫罗兰色的眼睛，在她神采奕奕的脸上显得格外生动。

“怎么，你还不赶快站起来？”她挥舞着手中的枪，“给我过来，快！”

克里斯慢慢地站起来，一边向前走，一边目不转睛地注视着她。他瞥见外面屋顶上有一台小型太空机器，船头上写着“超能号”。

“所以你就是他们所说的黄金女战士？”他马上问道。

她缓缓点了点头：“我相信他们是这样称呼我的。我的真名是维奥莱特·雷，如果你非要知道的话——但这无关紧要！现在你要照我说的去做。过来……”

克里斯淡淡地笑了笑——然后他猛地一跃，向前扑过去，双手用力地抓住了女孩的手腕。他迫使她后退——接下来的事情更让他吃惊。她的枪掉了，正如他所预料；不过她立刻缓了过来，像一个张开的弹簧，挺直身子，挣脱了他的控制，用钢铁般的手指握住他的左手肘和右膝。还没等他意识到发生了什么，他就像一袋煤一样在空中飞了起来，迷迷糊糊地摔落在离超能号几英尺的地方。

“见鬼……”他急促地呼吸着，猛烈地晃头。那不是柔道之类的把戏，显然是超人的力量。他抬头一看，发现女孩站在他身边，枪已经回到了她手上。

“你最好乖乖听话，”她平静地建议道，“到那艘船上去——我没有开玩笑。”

“听你的，”他咕哝着爬了起来。然后在他再次说话之前，一只金色的手臂将他推入了飞船的控制室。女孩跟在他后面，关上气闸，然后坐在控制装置前。

“这到底是要干什么？绑架？”克里斯直截了当地问道。

“闭嘴，看着！”女孩命令道。

出于好奇，他照做了。他站在那里，凝视着天文台闪亮的玻璃穹顶，女孩轻松地驾驶着超能号在它的上方盘旋。接着，她拉下一个开关，坐在那里，脸庞美丽而坚定，目视着一个东西从船底猛冲而下。

克里斯惊骇地凝视着，当他看到下面的整个天文台在爆炸之后升起一片蘑菇云，更是目瞪口呆。显然，这是具有毁灭性威力的导弹。当尘埃散去，建筑顶部已一无所有，只有灰烬和破碎的金属梁。

“你——你这个恶魔！”他大口喘气，脸色铁青地转过身来，“你毁了反射器，我的作品，一切——”

“没有人受伤。天文台是中空地板，下面的工作人员不会受伤。”维奥莱特·雷回答道，她的眼睛闪烁着奇怪的光芒，“我今晚不得不摧毁那座天文台……我刚刚做到了。”说完，她凝视着冉冉升起的月亮。

“但是——但是为什么？”克里斯喊道，“这是肆意破坏！上帝保佑，难怪那些人称你为太空女魔头！没有必要这样做——！”

“有必要，”女孩插话道，然后轻蔑地看了他一眼，“你不用担心。我并不想抓你。我带你来，只是免得你受伤……我送你回市中心。”

克里斯转身回到控制装置前，犹豫着要不要说些什么。他的眼睛上下打量着她那健美的身材，她那圆润光滑的裸露手臂和肩膀。她身上有一种他无法理解的柔韧和力量。他想知道她穿得如此单薄，怎么能抵挡住寒冬一月的寒冷。

“我听过很多关于你的事，”他最后说道，试图暂时忘记天文台的事，“你是单枪匹马一个人，是吗？一位神秘女子？”

“关于我的说法有很多版本……”女孩的飞船朝市中心朦胧的霓虹灯驶去。

“维奥莱特·雷，不是你的真名吧？”

“是真名。我的父亲是理查德·雷，母亲是乔伊斯·雷。他们都在二十年前的一次太空失事中丧生……很多人都知道这件事。”

“我不知道。”

女孩抬头看了他一眼：“好吧，现在你知道了！金星人发现我还活着，当时我还是个婴儿，他们把我养大。我在金星上长大，那里的环境对我产生了影响，将来有机会我再告诉你原因。火星的环境让我在力量和智慧方面都完全不同于其他任何女人。从逃生船的记录中，我发现我的名字在乘客名单上是维奥莱特……当然，最初的飞船在金星上坠毁了。我拥有超强的智力，花了数年时间学习。我制造了一个太空机器，就像降落在金星上的小型安全船一样。为了匹配我的名字，我将我的船命名为超能号——”

她停下来，调整了控制装置，说道：“我现在没有时间了。我们就此分别。”

当船终于停稳时，克里斯转向气闸并打开了它。他自己也弄不清楚对这个傲慢、神秘的女子是爱还是恨。她拿出枪，明确了她的意思。

“快出去。我可不希望引来机械师……”

克里斯走到外面，来到灯火通明的金属登陆公园。

“无论你在哪里看到超能号这个名字，你都会找到我。”她轻声说，用她迷人的眼睛低头看着他，“很高兴见到你——克里斯·威尔逊。”

“你竟然知道我的名字！”

克里斯还没有说完，气闸门已经紧紧地关闭了。他困惑地站在原地，静静地看着这艘小巧但速度惊人的飞船像一道火花般冲向高空，随即消失于黑夜。

他站着沉思了很长一段时间，脑海里都是那个女孩——然后他终于回归平静，想到她的所作所为，顿时咬紧了牙关。

当务之急是立即通知阿尔瓦·雷纳特。他转身前往城市交通要道，登上了前往住宅区的地铁快车。

当克里斯冲进门时，阿尔瓦·雷纳特正在他侄女的公寓里和多萝西玩火星桥。

“雷纳特先生，出事了！天文台被炸毁了——我碰到了那个黄金女战士，她自称维奥莱特·雷！”

“什么！”雷纳特猛地站了起来，激动地掀翻了桌子。他体形笨重，脑袋光秃秃的，有着三重下巴和一对泡泡眼。

“维奥莱特·雷！”多萝西惊叫道，在椅子上突然转过身来，灰金色的头发也随之飘扬起来，拂过她热切而富有同情心的美丽脸庞，“哦，克里斯，她是什么样的？我当然听说过她，另外——她漂亮吗？”

“是的，”克里斯简短地回答道，接着，他抽开女孩紧握着他的纤细的手，“我现在没时间解释了，多萝西。先生，我们需要做的，”他继续说，瞥了一眼这个大个子，“就是到法律总部，让他们去抓这个女子！她是故意这么干的……”

“该死！爱管闲事的人！”雷纳特哼了一声，手忙脚乱地穿上他的大衣，“我来收拾她！走！”

克里斯在门口看到多萝西垂头丧气的样子，停留了一会儿。

“抱歉，”他拍着她的手臂笑了，“我猜你对这个女人很感兴趣，就像一个女人对另一个女人一样，但是——稍后再告诉你。还难过吗？”

她笑了笑，调皮地眨了眨蓝眼睛：“不，当然不。我只想更多地了解这个女孩。我感觉自己有点像温室的花朵——”

“晚点见。”克里斯承诺，然后他冲进走廊，去赶阿尔瓦·雷纳特打到的正将发动的快车，朝城里的方向赶去。

在快速出租车里，雷纳特暴跳如雷。

“该死的强盗！”他咆哮道，“见鬼去吧，这真是二十一世纪的耻辱！太空警察是干什么的？我的钱都化为乌有了！我的钱！是我出的钱，知不知道！”他突然转过身来，圆溜溜的眼睛闪闪发亮，“你为什么不阻止她？你不是挺厉害的嘛！”

“我对付不了她，”克里斯咕哝着，瞥了一眼夜空中闪烁的灯光，“她身手太敏捷了——”

“她逃不掉！”雷纳特坚定地说，冷冷盯着面前十字路口的前方。

倏忽，诡异的事情发生了。克里斯·威尔逊也许永远搞不清楚到底是怎么回事。街道上突然出现了一片令人目眩的蓝色火焰和大量令人窒息的烟雾。那辆出租车疯狂地旋转起来，倒在了一边。坚韧的金属框架都弯曲裂开了。

阿尔瓦·雷纳特倒在裂开的金属当中，头部朝下，一根金属棒穿过他的颈静脉……世界在克里斯眼前变得模糊。他隐约能感到自己在杂乱的残骸中被拖出来。四周响起了呼喊声和警笛的鸣叫声。

“炸弹！”

“有人扔了炸弹！”

“你没事吧，先生？”克里斯视线不再模糊，他发现一名警察正扶着他。

“是的，我想是的，但是——”克里斯茫然地揉了揉脑袋，瞥了一眼已经死去、浑身是血的阿尔瓦·雷纳特。他转过身去，感到一阵恶心。

“退后！退后！”警察命令道，拉起警戒线。

克里斯摇摇晃晃地站着，大脑逐渐清醒。有人曾试图阻止他们前往法律总部——而且他们还逍遥法外！难道是维奥莱特·雷干的？克里斯的大脑突然清醒了，思绪变得清晰无比——多萝西！他们也可能会试图抓住她！

他转过身来，穿过一群好事的围观者。狂奔了十分钟后，他到达了公寓楼，跳上了私人电梯，电梯急速上升。他一到女孩的门前，就使劲敲门，没有人回应，他预感大事不妙。没过两分钟，他就找到了看门人，让他用备用的钥匙开门。

他俩在主客厅停了下来，眼睛不自觉地转向电子壁炉上方的镜子。上面用紫色粉笔写着——“超能号！”

第三章 金星追缉

“先生，您看这是什么意思？”看门人忍不住疑惑地问道，咂了咂肥厚的下嘴唇。

“信息量很大，我觉得！”克里斯冲到隔壁卧室，四处搜寻。没有多萝西的迹象，也没有乱七八糟的迹象——但在专门设计的储物柜里，她的户外衣服消失了，他觉得这点很重要。

“前半小时里，你有看到雷纳特小姐离开这儿吗？”克里斯走出来问看门人。

“不，先生——我没见过。我——”

“我知道了。我想我找到了一些东西。”克里斯正在查看窗户的锁扣。他打开窗扇，把头扭到外面，盯着通往屋顶的防火梯。

“现在我明白了，”他深吸了口气，收回头，抛给看门人一枚硬币，“非常感谢……”

他马上来到外面走廊的电话亭。他焦急地拨通了太空总部的号码。电话那头传来了他最得力的朋友格兰特·钱伯斯的声音。

“喂，你好，格兰特。我是克里斯……是这样的，我急需一些信息。那个黄金女战士炸毁了月球观测站，然后劫持了我的女友。她杀死了阿尔瓦·雷纳特，还差点杀了我……”

“不会吧！我能为你做些什么？”

“据我所知，她已经驶入了太空。告诉我过去半小时内有哪些太空船离开了地球。有些肯定是穿过了电离层之上的屏障。其中有一艘名为超能号的船吗？”

“你等一会儿；我去查看记录。”

克里斯站在那里用手指敲着电话亭的面板。然后声音又响了。

“一艘名为超能号的飞船在电离层冲破了警方的屏障，一溜烟儿就跑了！警察追了它五百英里，但根本没希望追上它。无论如何，五百英里超出了法律限制，也不受任何行星的控制。这艘船正朝着金星的方向前进。”

“好的！”克里斯的黑眼睛闪闪发光，“我马上追过去！我需要你帮我一个大忙，格兰特。告诉电离层的警察，我正在追踪黄金女战士，会直接穿过他们的屏障。当我接近时，我用自由灯提示他们。你能搞定吗？”

“没问题！祝你追踪顺利！”

克里斯摔下电话，冲向电梯，然后又回到了街道。一架快速的空中巴士当即将他送到了太空机场。凭着月球天文台负责人的身份，在十分钟内，机械师就将他带到了泽米·弗莱彻快车[1]上。

克里斯闪了进去，关闭了气闸，坐在熟悉的控制装置前。他启动开关点燃了火箭中的火山岩燃料，随后开始控制各个火箭喷管。随着一阵喷气机的喷射，机器被推上了天空，速度之快让下面的机械师目瞪口呆。

尽管克里斯急得发狂，但他还是不得不放缓速度。那陡然的加速度就像一条钢索环绕着他的胸膛，令他窒息。他的弹簧椅子吱吱作响，他觉得自己好像重似千斤。灯光在他的眼前舞动——然后他又变得轻松了起来，身体达到了耐力的最大限度。他坐在那里，犀利的眼睛凝视着前方窗口，咬紧牙关，时刻搜索着维奥莱特·雷的小型飞船。

1 泽米·弗莱彻快车是一款单人太空机器，速度极快，配有两门枪，一门远程，一门短程，用于个人保护。——作者注不知不觉他就穿过了一层层的大气层来到了电离层。他打开了机器前面的红色自由灯按钮。他以惊人的速度穿过警卫队伍……一路畅通无阻。格兰特都替他安排好了。一眨眼的工夫，他就顺利通过了电离层。

然后他驶入太空深处——星光、月光和日光纵横交错，在漆黑的永恒太空中闪耀着光芒。不知何故，虚寂的太空从未失去其超凡的吸引力。

克里斯一动不动地坐在他的控制装置前，飞船仍然需要克服地球引力。他凝视着无尽的穹顶，看着周围漂浮的各种船只，有重型货轮、班轮、来自外星球矿山的旧太空船、医院的急救船，它们都有不同的分类标记。

三十分钟后，他把这些船只都抛在了身后，几乎直线地朝着太阳附近的银色火球金星前进。他知道，他唯一的希望是在维奥莱特·雷到达那个星球之前抓住她。一旦踏上了它凄凉的地面，在那里的热带丛林、泥泞河流、高耸山脉中，他根本不知道怎么找她和多萝西。

他加快了速度，顿时呼吸加重，汗流浃背。他一次又一次地重复这样的操作，中间只是短暂地休息一下。但是他前方仍然空无一人，维奥莱特·雷比他早出发。他开启了自动驾驶，趁机吃了点东西，并小憩了一会儿，然后回到岗位上。

他就这样来回休息了三次，睁眼时瞥见前方黑色深处有个斑点——在金星炫目的银色映衬下，肉眼依稀可见。

他立刻用望远镜瞄准那斑点。他的心跳了起来。尽管他无法分辨出那辆飞船上的文字，但看形状，应该是超能号。

他将飞船开到最高速度。他凭借自己的意志力和体力，忍受着令人崩溃的压力，双手几乎无法动弹，下巴都快被拉下来了，千斤重担压在他的头骨上，他就像一个疯子一样驾着飞船穿梭在太空中……

不到二十分钟，他就飞了数百英里，终于可以看到船的名字。从熊熊燃烧的火花中可以很明显地看出，维奥莱特 · 雷看到了他，并打算要和他一较高下。她的船开始非常轻松地加速。一方面，飞船的速度非常快，另一方面，由于她奇特的身体构造，她能够经受住加速的冲击。显然，多萝西能否适应并不重要。

克里斯马上被甩远了，他大骂了一句，绝望地环顾四周，然后他看到了那把远程能量枪。他费了很大的力气，额头青筋暴起，顶着重压力，调整枪头瞄准了那艘渐行渐远的船。他疯狂地扳动开关，一颗无形的能量子弹发射出去……令他高兴的是，子弹击裂了超能号尾部的一个火箭喷管。

“打中了！”他喊道，“让你好看！”

正如他所预料的那样，超能号的力量减半了，它的速度也慢了。

没几分钟，他就赶了上去。透过观察窗，他可以看到维奥莱特·雷那张严肃的脸盯着他。他对着她咧嘴笑了笑，用太空无线电和她通话。

“在我打掉你所有的喷管之前，你最好停下来！”

“是吗？”女孩冷冷地反驳道，“小心你的控制台！”

克里斯猛地转过身来，感受到船壁上突然传来的巨大撞击。船壁温度骤然上升，高温让他不能靠近。突然间，一股无形能量让喷管一根接一根地爆裂着燃烧起来。飞船速度保持不变，因为他在自由空间中，与超能号仍然保持并行前进。

“最好穿上宇航服！”维奥莱特·雷的声音响起，“我提醒你，祝你好运！”

克里斯惊恐地看着气闸门开始变成红色，然后是紫蓝色。再过一刻，它就会破碎——他吼叫起来，匆忙穿上太空服，旋转头盔，就在此刻，门裂成了碎片。船外涌入的气流把他卷到了舱口。他用钳子手套抓住了撕裂的金属边缘，救了自己一命，他朝外面挥了一拳。

“该死的！”他咆哮着，胸前的麦克风把他的话传到了无线电发射机，“你弄什么鬼把戏？没有喷管，没有门——放我一马，行吗？”

“别激动，”女孩说，“我只是稍微弄坏了你的飞船，这点教训让你知道不能破坏了超能号还能逃之夭夭。我不想抛弃你；事实上，我更钦佩你的勇气。我在向你靠近；我会打开室外锁，你进控制室来……”

超能号来到他旁边，外门护罩滑到一边。他颇为困惑地穿过三道锁，进入后，门一一关上。维奥莱特 · 雷美丽的脸上挂着淡淡的笑容，坐在控制台上看着他进来。

“很抱歉，克里斯 · 威尔逊，但你是自找的，”她说道，克里斯正摘下头盔，“现在你已经赶上我了，你到底想要什么？”

“你很清楚我想要什么！”克里斯厉声说道，抓住女孩结实的裸露手臂，“我要多萝西 · 雷纳特！这出绑架是在闹什么？”

女孩甩开他的手，笑着说 ：“我不喜欢别人用爪子碰我。”在短暂的沉默之后，她说，“我不必回答你的问题。毕竟，在这艘船上，你只能接受命令，而不能发号施令。如果不服气，请尽管试一试！”

克里斯用力地吸了一口气。他希望女孩不要再露出她完美的牙齿对他微笑，也希望她不那么讨人喜欢。这使他的任务变得更加困难。

“至少告诉我，多萝西在船上吗？”他生硬地问。

“她在船上。”维奥莱特 · 雷转回到她的控制装置前。

“你为什么要带走她？你为什么要杀我？你干掉了阿尔瓦·雷纳特，那为什么不杀我？我不明白你在干什么……我真希望这不是你干的。”

“为什么？”她问道，直直地盯着面前。

“好吧，因为……嗯，别转移话题！把多萝西带出来。我想让她知道，无论如何，她不是一个人和劫持犯在一起。她很容易被吓到。”

“我注意到了。但我还不打算去接她；我不能从这个座位上移开。你知道身处重力场是什么体验；现在我担心的是金星。坐在那里，我好盯住你。”

克里斯瞥了一眼通向船上其他部分的过渡门，女孩生动的眼神发出命令，他坐在控制板旁，看着她操作开关，控制着一组喷管工作……飞船突然从黑暗的太空中坠落，进入金星浓密大气层的上层。它呼啸着穿过大气层，最后冲到了一片狂野的、令人瞠目结舌的色彩斑斓的热带地区，远处是一座山脉，山脉右边是一条湍急的泥流河。

“这是一个蛮荒的世界，但我喜欢。”维奥莱特 · 雷小声说道，声音异常平静，“我对它了如指掌，克里斯·威尔逊——它的每一寸土地！它上面的树木，它二十七小时炙烤的日照，它的潮汐泥流，它的蜂窝状山脉……”

她突然停止说话，沉思地打量着这一切，稳稳地驶过树梢。最后，船开始缓缓下降，落到一片郁郁葱葱的空地上。超能号稳稳地停了下来。

女孩叹了口气，站了起来，伸展着她柔软的手臂，舒活着腿脚。

“让我走，别和我说这些……”

“告诉我，”克里斯转身走向门口时说道，“你为什么来金星，还带多萝西一起来？”

她平视着他：“有时候，克里斯 · 威尔逊，我认为应该给你颁发一校调查员奖章！我为什么来这里是我自己的事。我会把多萝西送还给你；多亏了你，我还得去修理喷管！”

当她穿过门口时，她又瞥了他一眼。巨大的传送门在她身后关闭。克里斯站起身来，闷闷不乐地走来走去。大约五分钟后，门才重新打开，面色苍白、衣衫不整的多萝西走了进来，一对期盼的蓝眼睛睁得大大的。

“克里斯！”她感激地喊道，然后扑到他张开的双臂里，“哦，克里斯，谢天谢地，你安全了！我看到你的船追上了我们，我想——我想也许这个女人会杀了你。”

“顺便问一下，她在哪儿？”克里斯迅速环顾四周。

“她出去修喷管之类的——克里斯，你怎么知道我被绑架了？”

“很简单，那位女士在你客厅的镜子上写了‘超能号’。我有个坏消息要告诉你，多萝西。你叔叔在去总部的路上被炸弹炸死了——我侥幸逃过一劫。我认为维奥莱特·雷跟这件事有点关系，但我不能确定……”

“叔叔——死了！”女孩呆住了。克里斯察觉到她的嘴巴微微僵硬，最后她无奈地耸了耸肩。

“好吧，是这样——我们在这里——上帝才知道这是怎么回事！这个女人从防火梯下来，让我穿上户外服跟着她。所以——所以我照做了。我很好奇——”

“喂，你闻到什么味道了吗？”克里斯突然打断她，吸着鼻子。多萝西抬起鼻子：“怎么啦，我——是的，是毒气！”她尖叫起来，“这个格栅地板的气体——”她指着自己的脚，看着从他们之间升起的蒸汽。她惊慌喊叫起来，跌跌撞撞地走向气闸，但膝盖发软，整个人都趴在了地板上。

克里斯转过身，摇摇晃晃地朝她走去，但就在那一刻，呛人的烟雾淹没了他。他倒下了，呼吸困难，眼前一片漆黑。

第四章 真相大白

克里斯逐渐苏醒，金星耀眼的光芒从云层中穿透过来，令人目眩神迷。热浪在他身上翻腾，仿佛是从他躺着的郁郁葱葱的翠绿中散发出的有毒瘴气。他慢慢地站起来，吸入的毒气逐渐消退。在他身边趴着的多萝西，还没有苏醒。他轻轻地扶起她，给她做心肺复苏，终于她的眼皮颤动着睁开了。

她躺着凝视着空地，看了很长时间，才惊奇地转过身来。

“我们——我们在丛林里！”

“你怎么知道的？”克里斯敏感地问道，爬起来把女孩扶起来，“我们当然在丛林里，但为什么？为什么维奥莱特·雷把我们丢在这儿自生自灭？没有地方可以去，没有向导，没有食物，没有武器——”

“但是森林里没有任何危险的东西。”多萝西插话道，颇为焦虑地摆弄着她设计奇特的手表。

克里斯警惕地看着她：“你怎么知道？你以前见过金星吗？”

“嗯？哦——我看过。我在整个系统转过一圈……”

“嗯……”克里斯咕哝了一声，但他仍然盯着她，“当你摆弄完那块手表后，也许你会帮我想想……”他不耐烦地转过身，盯着超能号留下的坑坑洼洼的痕迹，然后看到烧焦的灌木丛，应该是飞船出发时喷射出的火焰造成的。但为什么维奥莱特·雷要这样做？他困惑地挠了挠汗湿的头。

“希望我能弄清楚那个女人，”他低声吼道，沉思起来，“她看起来不像杀人犯，也不像罪犯，然而——也许她的美貌让人失去了警惕——”

“哦，你觉得她很漂亮吗？”多萝西走到他面前问道，“你觉得她比我更有趣吗？”

克里斯没有回答，女孩爆发的怒气使他相当吃惊。

“她就是个怪胎，”多萝西闷闷不乐地继续说道，“至少我是个正常的女子，比她正常多了！在你的船赶上我们之前，她告诉了我一些关于她自己的事情。”

“是什么？”克里斯急切地问道。

“哦，关于她身体力量的科学解释，事实的真相。哦，是的。她说，在金星上，宇宙射线被浓厚的大气层阻挡，但由于金星离太阳很近，所以太阳辐射可以穿透进来。对于像她这样有血有肉的生物来说，保证了稳定的合成代谢[1]。细胞没有分解，而是不断增强韧性。真正的金星生物，因为不是她这样血肉之躯，对太阳辐射的反应完全不一样，他们就像地球的生物一样生老病死……”

“这就是她如此独特的原因，”克里斯沉思道，“而且她的智力也会极大提高！叛变时，飞船落入金星，里面有很多书籍，她的大脑可以学习任何语言，而且——你从她那里了解到了很多，多萝西！”

“她自己说的——为了炫耀自己的本事。”

“好吧，这也许可以解释她的体格和教养，但不能解释她的动机，也不能告诉我们现在要做什么。”克里斯叹了口气，“你有什么建议吗？”

“只有一个……为什么不试试那座山脉呢？就在这片树林后面——至少我们可以找到水。”

“好吧，说不定我们可以知道接下来该怎么做，尽管我不抱什么希

---

1 金星有一个特别密集的大气层，可能由电离层组成，只有赋予生命的太阳辐射才能穿透。通常情况下——在像地球这样的世界上——生死之光会穿透地表。科学家认为，太阳辐射对于增加生命是必要的。他们还认为，宇宙射线是造成某些体质虚弱和死亡的原因。它们会导致生酮代谢或细胞分解。——原书编者注

望……”

他们一同在茂盛的树丛里费力地前进着，跌跌撞撞地穿过长满地衣的灌木丛，酷热难耐，他们不时停下脚步，喘息休整。金星上的生命，大部分都很微小，随着他们的移动，四处乱窜、蠕动。

两个小时后，他们千辛万苦来到山脚下，离开了丛林。这里的空气稍微凉爽一些。

克里斯静静地站了一会儿，凝视着前方雄伟山脉上的瓦砾和石头，看着左边两英里外潮汐般的泥泞河流。风景荒凉，看不到一丝文明的迹象。他开始低声诅咒维奥莱特 · 雷和她的所作所为。

“好吧，我们该怎么办？”他最后转身问女孩。

她刚要说些什么，身后突然响起一个声音。

“给我过来！你们俩！”

克里斯转过身，大吃一惊。一个手里拿着枪、身穿白衣的人从岩石后面出来，皮肤被金星的辐射晒得黝黑。

“见鬼——”克里斯正要开口，但枪声打断了他。

“别废话，兄弟——走吧！你也是！”他补充道，瞥了女孩一眼。

克里斯内心颇为惊讶，她看起来并不显得害怕：事实上，他可以肯定，她红润的嘴角上挂着一丝苦笑。她开始稳步地朝着山崖走去，克里斯走在她身边。在后面的男子的命令下，他们在结实的悬崖边上停了下来。

那看似坚固的岩石向下打开了一个口子，克里斯目瞪口呆，显然是持枪的男子启动了隐藏起来的开关。

“继续走！”他厉声说，又走上来了。

他们一声不吭地走下一段泛光的台阶，进入岩石内部，然后来到一个宽敞的洞穴，里面灯火通明。克里斯看到十二个严肃且冷酷的中年男人。大多数人都站着，但有一个大个子坐在一张粗糙的木桌旁，他看上去像旧时代的拳击手，估摸有五十岁，也许更大。

“你们这些人到底在这里干什么？”克里斯厉声问道，他的眼睛盯着那个大个子。

“你很快就会知道了，”多萝西简短地说，然后对克里斯惊讶的脸庞露出傲慢的微笑，慵懒地走向桌子。在那短短的几步中，她的举止似乎完全改变了。她惊恐的神情消失了，五官变得冷峻严肃。

“多萝西，你怎么了？怎么——”

“闭嘴，你，听着！”坐在桌边的男人厉声说道，站了起来。他走上前，向后面拿着枪的人做了个手势。克里斯感觉到他的手腕突然被拉到身后，并被钢制手铐和链条紧紧地夹在一起。

“这是什么情况？”他苦涩地问道，“我想是维奥莱特·雷的恶作剧吧？”

“不——我和那个女人没有交集，小伙子。我自己干……我叫坦纳——瑞德·坦纳。听说过吗？”

克里斯摇了摇头。男人微微一笑；然后他突然皱起眉头，转向多萝西。

“你怎么来金星了？怎么和这个家伙在一起？”

“维奥莱特·雷把我们俩弄过来的，”女孩回答道，“我们被困住了，我不想死在这里……所以我用手表发了无线电信号。我知道我们就在这个藏身处附近……正如我所料，你派杰瑞来找我们了……”

坦纳紧握拳头：“你这个该死的小傻瓜！也许维奥莱特·雷还在附近，她就会发现这个藏身处的。这是一件危险的事——”

“原来你就是一直困扰地球当局的犯罪集团大佬？”克里斯说，“我真是看错你了，多萝西……你这个两面派。”

“嘴巴放干净点！”坦纳咆哮道，“她是我的女儿……”

“女儿！”

“没错！没想到吧？听着，我告诉你一些事情。反正你稍后会从我视线中消失，让你知道也无所谓……我曾是一名叛变者。懂了吗？二十年前，我和我的几个伙伴一起降落在这个该死的星球上——他们现在就站在我身边。我们被困住了。早期我是火箭舱工人——为什么我干这一行？因为我的哥哥阿尔瓦·坦纳以虚假指控将我送进了监狱，按照当时的惯例，如果有胆量，监狱里的囚犯可以当火箭舱工人。我抓住了这个机会。我为了更好的待遇和薪水发动了一场叛乱——我输了。二十年来，我一直在这里吃尽苦头赖活着……我只想报复阿尔瓦。

“我打听到他的一些消息，明白吧？我听说他带走了我的女儿，让她接受了良好教育——我不隐瞒他的功劳。他通过不正当手段挣了钱，建造了一个漂亮的新天文台。我想他是害怕我回来，因为他把自己的姓改成了雷纳特（Rennat），倒过来拼写就是坦纳（Tanner）。我花了很长时间想办法找回我自己的……”

坦纳顿了一下，拳头重重地砸在桌子上。

“我想要一个获得权力的机会，明白吗？我想攻击地球，如果他们的人数锐减，我就有机会统治他们。有一天，当我和我的手下碰巧发现了叛变留下的旧太空船的残骸时，我发现机会来了……我们在火星上发现了土星细菌的密封盒。细菌以每小时数百万的速度繁殖。释放后，这些东西将在一天内消灭纽约市几乎所有人！但是如何安全地将它们送回地球呢？

“这是个难题。我们已经在地球和火星上成立了一个组织，并把我们的总部设在这里，但这项细菌工作需要一个完全不知情的人来完成。我们纽约的人发现我的女儿和我哥哥建造的月球观测站的负责人订婚了！想象一下！”

“那又怎么样？”克里斯厉声说道。

“事情就容易多了。一步一步地我们将真相告诉多萝西，把她带到火星上——”

“我从很多方面发现瑞德是我父亲，”女孩坦白说，“反正我一直不喜欢我叔叔，我很愿意帮助父亲。我把细菌箱带到了地球，并在它上面安装了硒电池装置。当它打开时，一百英里范围内的人都有危险，因此需要远程控制。那天晚上我去天文台拜访你，顺便把盒子放在镜板的一角。在月亮升起时，硒电池会开始工作并释放细菌，疾病会从最合适的地方扩散开来，就从我叔叔以不义之财建造的那栋楼里开始。我打算在瘟疫开始的那一刻离开……”

“你打算也让我感染吗？”克里斯咬牙切齿地说。

“为什么不呢？”多萝西冷冷地问，“我当初跟你订婚，只是因为你有一份稳定的工作，你还有很多钱。当我知道父亲和他的计划后，你就只是一个工具——我只是装得这样怯懦……真正的麻烦是维奥莱特·雷！她搅乱了整件事。”

“我听说了！”坦纳恶狠狠地吸了口气，“她在月亮升起之前炸毁了天文台。她怎么得到消息的我不知道——我想不出她为什么带你去金星，多萝西。她一定有原因……”

“那出租车爆炸是你干的？”克里斯的声音平静而冰冷。

女孩靠在桌子上懒洋洋地点点头："当然。你和叔叔一走，我就预见到麻烦，打电话给我们的纽约代理人。没想到他这么极端，可是……"

"至少，"克里斯平静地说，"我看到了你的真面目，多萝西。我肯定，有维奥莱特·雷在，你不会成功。她会打败你的……"他停下来，扭曲地笑了笑，"有趣的是，有那么一会儿，我怀疑你可能是维奥莱特·雷！"

"我是一个女人，不是一个怪胎！我知道她会不择手段。我们必须找到她，爸爸。多年来，她一直与你为敌，而且——"

"我会找到她的，"瑞德确定地说，"我们会尝试以其他方式来控制地球上的人——"他停下来，恶狠狠地看着克里斯，"至于你，聪明的家伙，你会从我视线中消失的。走吧！"

克里斯盯着坦纳手中的枪，然后他咬紧牙关，穿过洞穴，进入岩石中一个狭窄的天然洞口。再经过一条通道，最后来到一处深渊边。深渊底下传来微弱的气泡和漩涡声。

"泥河最后和潮汐汇合，"坦纳冷酷地解释道，"当然，我可以开枪打死你——但我还不如省下我的射线枪的费用，同样可以把你干掉。"

克里斯一动不动地站着，徒劳地在他手腕上的钢制手铐里挣扎。然后他转过身，打算为自由做最后一次绝望的尝试——但瑞德·坦纳狠狠地在他的双眼之间来了一拳。他无助地跌向悬崖边，感觉自己坠入了深渊——

他知道离死亡不远了——突然，在下降过程中，他被什么东西接住了并快速地拉起来，他被晃得喘不过气来。直到他感到自己被甩到一边，掉进了瓦砾和尘土中。

一只有力的手把他拉了起来。他隐隐约约辨认出这张脸的轮廓。

“维奥莱特·雷！”他难以置信地低声说道，“是你——你在我掉下时抓住了我？”

“是的。”她轻描淡写地回答，好像是做了件世界上最简单的事情，“我偷听到了刚刚发生的一切。当一个人像我一样了解金星时，可以做很多事情……跟我来。”

“这些手铐。”他说，转身背对着她。

他感觉到她的手指在他手腕上摆弄，随后手铐在那双手下扭动、弯曲，这令他肃然起敬。突然间，他自由了。

“跟我来。”她吸了口气，抓住他的手臂。

几分钟后，他们来到一处地势略低的地方。透过洞穴顶部的日光，他们看到对面的一块巨大的岩石，就像一根手指，大约有二百英尺高，将泥浆挡在外围。

“我们这里低于河流水位，”女孩解释道，“那里的那块岩石就像一个天然的水龙头——它处于平衡状态。稍微推一下就会把它移过去。

这条河会冲进缺口，随着涨潮，它会淹没这里的这个洞穴，和你被扔下的竖井，然后——”

“困住其他人？”克里斯低声问道。

“是的！”维奥莱特·雷的脸像玛瑙一样坚硬，“你认为这是谋杀——但事实并非如此，这是正义——当你像我一样生活在金星上，每天与残酷的大自然战斗时，你将学会忘记情绪……那些人会重新开始破坏地球，除非我们先动手，否则结果无法预测……他们会淹死，因为我已经破坏了他们的出口的开关。”

克里斯什么也没说。她身上有一种冷酷无情的气质，有时让他很反感。然而，她很理智。他站在那里，看着她从洞穴泥泞的地面，轻而易举地跳到岩石台阶。他艰难地跟在她身后，终于来那块指状岩石的正下方，站在她的身边。

“我能帮上忙吗？”他问道，徒劳地推着尖塔。

她没有回答，相当轻蔑地把他推开。她的脚后跟踩在石板上，他站在那里，凝视着她紧绷的、匀称的双腿。她开始发力，手臂和肩膀上的肱二头肌明显隆起……石头动了！它在垂直的中心轴上略微摆动。

维奥莱特·雷又一次用力推了推，她咬紧牙关，然后岩石失去了重心。外围的泥河完成了接下来的工作，将岩石从枢轴上扯下来，一股洪水轰隆隆地涌入洞穴。

克里斯发现自己像苍蝇一样从石板上飞了出去。他的眼睛里、鼻孔里、嘴巴里都是泥巴，这就像在泥浆中游泳——然后一只钢铁般的手拽住了他的衬衫领子。他觉得自己被往上拖，瞥见一条沾满泥巴的金色手臂，正以不可抗拒的力量拽着他穿过这片令人作呕、黏糊糊的烂摊子。他被拽着逆流而上，在岩石洞口处，身体全部沉入河面，他屏住呼吸……接着，他钻出了河面，那只手仍然抓着他。

他靠自己的努力奋力游过了湍急的河流，女孩就在他身边。他可以看到汹涌的洪水向山上的决口涌来，就在他的眼前，水位稳步上升……最后，他感觉到脚下有石头，挣扎着爬上了泥泞的河岸，身后是满身泥巴的女孩。

她站了一会儿，看着洪水，擦去脸上的污垢。

“我认为，”她缓缓地说，“犯罪团伙的第一个环节就在这里断裂了……也许无情，但很有必要。”

克里斯抓住了她的胳膊：“第一个环节！”他问道，“你是说还有其他人？”

“当然，”她平静地回答，“你认为那个瑞德·坦纳是整件事的幕后主使吗？哦，不。如果他说他是，那只是他的自以为是。细菌的想法是由比他聪明得多的人策划的。相信我，克里斯，宇宙系统的各个部分都存在犯罪，瑞德和他的女儿只是车轮上的辐条。我不知道谁是幕后黑手，是谁试图通过各种邪恶的手段来控制地球——但我会查明的。终有一天……”

克里斯问道：“你是怎么知道那次细菌袭击的？”

“很简单，”女孩耸耸肩，扒掉了手上的泥巴，“我早就知道坦纳在金星上，从原始船只的记录中，我知道他叛变的最初原因。我非常了解金星，不费吹灰之力就找到了他的藏身之处。我有其他办法进入他的藏身之地；这座山是蜂窝状的。我听到了他所说的一切，这就是为什么我知道他只是犯罪集团的一部分，而不是犯罪集团的头目……他有三次试图把我干掉，但都没有成功。

“最近，我惊讶地发现，细菌箱已经从原来的飞船上消失了。我知道坦纳肯定与此有关，果然我听到了他的计划，他的女儿将在指定的夜晚将细菌箱固定在月球光电望远镜上。我唯一的机会是立即飞往地球并摧毁这一阴谋。我粉碎了这个阴谋——还有天文台。这是消灭细菌的最可靠方法。我得赶在月出之前。我成功了。”

“我记得，”克里斯低声说，“但是告诉我，你为什么要把我和多萝西带过来，又放了我们？你知道多萝西是个骗子，你为什么不干掉她——”

“我从地球上绑架了她，以阻止她再造成伤害。我来不及阻止她打电话给她在纽约的联系人；那就得碰碰运气了。不知怎的，我觉得你能挺过来，因为我想让你跟着我们，所以我在镜子上写了‘超能号’作为线索……”

“你为什么要我跟着？”

“亲自看清多萝西的面目。我知道我的话无法说服你。她的反应和我预料的一样，向藏身处发出了信号……当然，我就在附近。我听到了要把你扔下竖井的计划，我已经做好了准备。”

沉默了很长时间。女孩最后转向丛林。克里斯若有所思地跟着她。

“你确定你留下线索让我跟踪，唯一原因是多萝西吗？”

维奥莱特·雷停了下来，眼睛看向一边。“这是一个很好的理由，”她低声地说。

“最好跟着我，我会把你安全送回地球。”

“但我不想回地球。我回去也没什么可做的！此外，有些事情让我想继续待下去——找到困扰我们的海盗、犯罪和死亡威胁的根源。”

少女淡淡一笑。“我有时确实会感到孤独，”她坦诚道，“还有很多事情我还没有做——许多普通女人做不到的事情。一个伙伴也许会有帮助……”

克里斯抓住了她纤细有力的手。

“我不打算回地球——至少当下是这么想的……”他说。

时间流浪者

布莱克·卡森揭开了未来的面纱——他的所见让他变成了一个痛苦的复仇者！

哈德威克教授曾经给一群求知若渴的学生做过一次学术讲座。

哈德威克教授提道："时间实际上并不存在，它只是一个术语，一种科学没法完全解释的空间状况。我们知道有过去，并可以证明它；我们也知道有未来，但我们无法证明它。这就需要'时间'一词，以便在这个难以攻克的难题上达成共识。"

这段论文摘录无疑是一种学究式的观察，促使物理学业余爱好者布莱克·卡森对此展开进一步思考。那是更为深刻的思考。五年前，他就听过哈德威克的这段话。现在哈德威克去世了，但他所做的每一次观察，他所写的每一篇论文，都被这位年轻的物理学家完全领会了。在二十五岁到三十岁之间，他钻坚研微，读完了爱因斯坦、爱丁顿和金斯的艰涩著作。

五年之后，布莱克·卡森在他的小小的实验室里得出结论："时间，绝对不存在！这是一个由于身体局限性产生的概念。根据爱丁顿和金斯的说法，身体是思想本身的外在表现。改变思想，你就会相应地改变身体。所以，调整你的心态，适应当下的情况，你没有理由不知道未来。"

又过了两年，他对上述结论进行了补充。

"时间是循环的，在这个循环中，思想本身及其所有创造物都在这个永恒的循环中不断重复。因此，如果我们在遥远的过去做了我们现在正在做的同样的事情，那么我们就可以合理地假设，一些记忆片段被保留下来了——从现在的角度来看，这些来自过去的记忆，也是未来，虽然它在时间循环中看似是如此的遥远。

"思想的媒介是大脑。因此，所有记忆片段都一定留存在大脑中。找到它，你就掌握了通往未来的钥匙。你真正要做的就是唤醒遥远过去的记忆。"

本着这一概念，布莱克·卡森用自己辛苦挣来的积蓄为实验室购置了一大堆复杂的设备，并在暇时进行安装。他一次又一次安装、重建、测试和试验，最终得到了两位年轻人的帮助，他们的想法相近。虽然他们没有完全理解他的理论，但被他的狂热打动。

终于，他完成了他的杰作，一个星期六晚上，他叫来这两个朋友，展示他的仪器。

迪克·格伦伯里顶着一头蓬乱的头发，面色红润，眼睛湛蓝，他是一个冲动、诚实、专注、可靠的人。哈特·克兰肖则完全相反，总是从容不迫，蜡黄的皮肤，一头黑发。他是一位才华横溢的物理学家，相当愤世嫉俗，如果不是他超群的智力，他或许就是一个彻头彻尾的粗人。

“伙计们，我成功了，”布莱克·卡森激动地宣布，灰色的眼睛闪闪发光，“你们知道我关于记忆片段的理论。这个——”他指着仪器，“就是探测器。”

“你不会是说你打算用这个东西来探测你大脑中的记忆片段的位置吧？”迪克·格伦伯里问道。

“是的，这就是我的想法。”

“这个搞定了之后，下一步是什么？”克兰肖问，一如既往地脚踏实地。

“我弄清楚了以后再告诉你，”卡森咧嘴一笑，“现在我要你们按照我说的来做。”

他立即在椅子上坐下，面前是一堆奇形怪状的镜头、灯和管子。按照指示，格伦伯里开始操控总机。布莱克·卡森的头完全笼罩在一台放映机发出的紫色光线里。

在他对面，出现了一块方形的数字屏幕，如同 X 射线般完美投射出他头骨的轮廓。这与 X 射线的区别仅在于，大脑的回旋部分显得比任何其他部分都清晰生动。

“那里，”卡森急促地说，“看第九节，第五区。有一个黑色的椭圆形标记———个盲点。从来没有被识别过。这就是一个记忆片段。”

他按下椅子扶手上的开关。

“拍张照片。”他解释道。然后他示意切断整个装置，站了起来。不到几分钟，自显影槽就完成了打印。他欣喜若狂地把照片递了过来。

“那又怎么样？”克兰肖叫道，蜡黄的脸困惑不解，“现在你有了一个盲点，这对你有什么好处？这一切都远远超出了我所学的物理学。你仍然看不到未来。”最后一句话带着一些不耐烦。

“但我会看到的。”卡森很激动，“你注意到那个盲点正是在我们预期的位置吗？盲点正在潜意识区域。要清楚了解盲点里的内容，只有一种方法。”

“是的，”格伦伯里冷冷地说，“外科医生可以通过神经将大脑的空白部分和活跃部分连接起来。这会是一件棘手的事情。”

“我不需要外科医生，”卡森说，“为什么必须是真正的神经？神经只是一种携带微小电感的身体组织。一个小小的电子设备也能做到这一点。换句话说，也就是一种外部机械神经。”

他转过身，拿出一个像听诊器的东西。两端是吸盖和小型干电池。盖子之间是一段坚固的电缆。

“大脑会释放出微小的电荷——这谁都知道，”卡森继续说道，“在颅骨上安上这个机械装置，就可以完成这件事情，从而将盲点和正常脑区联系起来。至少我是这么认为的。”

“好吧，好吧，”迪克·格伦伯里说，不安地看了哈特·克兰肖一眼，“在我看来，这像是一种新颖的自杀方式。”

“你这是无用功。”克兰肖表示同意。

“如果你们不那么拘泥于事实，就会明白我的观点，”布莱克哼了一声，“不管怎样，我要试试。”

他再次打开大脑探测设备，研究了一会儿屏幕和照片，然后将人工神经装置的一端夹在他的头骨上，另一端的吸盘则放在他的头上来回移动，通过屏幕来定位。他一次又一次地寻找盲点，终于定位成功。

一股恶心感传遍全身，仿佛他的身体正在慢慢地被翻个底朝天。

他的实验室、格伦伯里和克兰肖紧张的面孔蒙上了一层神秘的薄雾，随后消失了。犹如随着水面波动的水中映像，这些图像也在他的脑海中荡漾。

一大堆模糊的景象闯入他的意识。他看见参差不齐的悬崖上挤满了乱窜的人群，悬崖边是汹涌的海浪。悬崖上似乎冒出一座未知的、遥远的、无与伦比的美丽城市，城市的塔楼在阳光下闪烁，虽然太阳不知藏在何处。

机器——人群——迷雾。一阵雷鸣般的刺痛……

他猛然睁开眼睛，发现自己躺在实验室的地板上，喉咙里有白兰地火辣辣的味道。

“该死的、愚蠢的实验，”迪克·格伦伯里爆发了，“才刚开始几分钟，你就像一盏灯一样熄灭了。”

“我告诉过你这没用，”克兰肖哼了一声，“这是违反物理定律的。时间被锁住了——”

“不，哈特，不是。”卡森在地板上动了动，揉了揉发痛的头，“绝对不是。”他坚持道。

他站起来，梦幻似的凝视着前方。

“我看到了未来！”他低声说，“并不是清楚的图像——但它一定是未来。有一座我们从未想象过的城市。一切都是横截面的，就像蒙太奇。也许是我造的人工神经导致不准确。下次我会做得更好。”

“下次，”克兰肖说道，“你还要冒这个险？不等你完成实验，它可能就会要了你的命。”

“也许吧，”卡森平静地承认，他耸耸肩，说，“先驱者常常为他们的发现付出高昂的代价。但我找到了方法。我会继续下去，伙计们，直到我攻克它。”

接下来的几个月，布莱克·卡森全身心地沉浸在他的实验中。他停下了日常工作，靠自己的积蓄，为了他的发现不顾一切。

起初，他欢欣鼓舞，他的实验结果日益清晰、精确。然而，时间一天天过去，哈特·克兰肖和迪克·格伦伯里都注意到他身上发生了奇怪的变化，他看起来很忧郁，生怕说漏嘴。

“怎么了，布莱克？”一天晚上，迪克·格伦伯里来这里了解最新的进展，他坚持问道，“你不一样了。你心里有事。你可以告诉我，我是你最好的朋友。”

布莱克·卡森笑了笑，格伦伯里突然注意到他看起来很疲倦。

“我的好朋友不包括哈特，嗯？”卡森问道。

“我不是这个意思。实话实说，他有点冷血。怎么了？”

“我已经知道我什么时候会死了。”布莱克·卡森冷静地说。

“那又怎么样？我们都会死的。”迪克·格伦伯里不安地停了下来。

布莱克 · 卡森憔悴的脸上有一种奇怪的表情。

“是的，当然，我们都会在某个时候死去，但一个月后就是我的死期。4 月 14 日，我会因一级谋杀罪死在电椅上。”

迪克·格伦伯里目瞪口呆。“什么！你，谋杀？为什么，这完全是——人造神经肯定搭错了。”

“恐怕不是，迪克，”卡森回答道，“我现在意识到，死亡结束了这个时空的存在。我看到的未来是超越这个时空的，接连不断的死亡将把我带到最终的时空。同时，随着死亡，所有与这里事物的联系都被打破了。”

“我仍然不相信你会谋杀。”迪克 · 格伦伯里说。

“无论如何，我将作为一个定罪的杀人犯被处死，”卡森继续说道，声音很刺耳，“让我陷入这项指控的，并且有完美不在场证明的人是——哈特 · 克兰肖。”

“哈特？你是说他故意杀人，然后嫁祸于你？”

“千真万确。我们已经知道，他现在对我的这项发明感兴趣；我们也知道，他意识到自己的大脑中有一个盲点，就像其他人一样。哈特冷血而且精于算计，他意识到这项发明可以帮助自己获得权势。他可以预见股市、赌博投机和历史。他甚至可以统治世界。他会从我这里窃取秘密，并干掉世界上仅有的两个知情人。”

“仅有的两个人？”格伦伯里重复道，“你是说，我也会被杀掉？”

“是的。”布莱克·卡森的声音听起来很遥远。

“但这不可能发生，”格伦伯里沙哑地喊道，“我不会——仅仅为了实现哈特·克兰肖的目标而被谋杀。我可不是好惹的。你忘了，布莱克——预先警告就是预先准备。我们可以阻止他。”他的声音变得急切起来，“现在我们知道了这些，我们可以采取措施阻止他。”

“不，”卡森打断了他，“迪克，我花了好几个星期的时间来思考这件事——我意识到真相后，这几个星期我几乎要疯了。时间法则是无情的。它必将发生！难道你还没有意识到吗？我所看到的只是过去无限遥远的记忆，我们正在穿越那些时刻。这一切以前都发生过。你肯定会被谋杀，就像我知道你今晚会来这里，而我将因谋杀罪而死。”

迪克·格伦伯里的脸变得惨白。“什么时候发生？”

“今晚十一点零九分——在这里。”卡森停下来，紧紧抓住格伦伯里的肩膀，“我发誓，迪克，你难道不知道这一切让我多么伤心，我将这一切告诉你是多么可怕。只是因为我十分肯定，我才全告诉你。”

“是的，我知道。”格伦伯里虚弱地瘫坐在椅子上。有那么一两分钟，他的思绪飘忽不定。接着他的目光定格在了电子时钟上。正好十点四十分。

“十点五十分——也就是十分钟后——哈特会来这里，”卡森继续说道，“他的第一句话将是——‘对不起，我来晚了，伙计们，我被一个特别董事会会议耽搁了。’接下来会发生争吵，然后是谋杀。一切都清清楚楚直到我死的那一刻。在那之后，哈特就从我的未来消失了。我在一个与现在不同的地方继续存在，这是我正在思考的事情。”

迪克·格伦伯里没有说话，卡森一边深思一边继续说了下去。

“假设，”卡森说，“我做一个关于时间的实验。假设我能够扰乱时间的秩序，因为我拥有无人知晓的知识。假设，我在电刑后回归，为谋杀和冤案，向哈特复仇？”

“怎么可能。”格伦伯里的头脑太迟钝了，无法理解。

“我已经告诉过你，身体服从于思想。按理，在我死后，我会在另一个时空重建我的身体。但是，假设我在死亡时刻的所有的意念聚焦在处决后一周的那一天回到这个世界来呢？那将是 4 月 21 日。我相信我可能会因此回来收拾哈特。”

“你有把握你能做到吗？”

“没有；但这似乎是合乎逻辑的。因为死后的未来是在另一个时空里，我无法判断我的计划是否可行。正如我告诉过你的，哈特从我死的那一刻起就不再在我未来的时间里，除非我做一些独特的事来改变时间的进程。我想我——”

这时门突然打开，打断了卡森，哈特·克兰肖走了进来。他随手放下帽子。

“对不起，我来晚了，伙计们，我被一个特别董事会会议耽搁了——”他停下来，“怎么了，迪克？感觉头晕吗？”

迪克·格伦伯里没有回答。他正盯着时钟。正好十点五十分。

“他没事，”布莱克·卡森转身轻声说，“他只是有点震惊，仅此而已。我一直在查看未来，哈特，我发现了很多不太令人满意的地方。”

“哦？”哈特·克兰肖沉思了一会儿，然后继续说，“事实上，布莱克，我对你取得的进展并不太热情。如果你愿意告诉我，我想更多了解一下这项发明。”

“是呀，这样你就可以偷走了！”迪克·格伦伯里突然大叫着跳了起来，“你就是这样打算的。布莱克在未来已经看到了这一切。你会偷走发明，还会杀了我。天哪，不！所以时间是改变不了的，布莱克？我们会看到的。”

他向门口跑去，哈特·克兰肖抓住他的胳膊把他甩了回去。

“你在胡说什么？”他厉声说道，“你是说我打算杀了你吗？”

“这就是你来这里的原因，哈特，”卡森平静地宣布，“时间不会说谎，你所有的虚张声势和伪装的天真掩盖不了你的真实意图。你想用我的发明做很多事情。”

“好吧，如果我这样做的话，”哈特·克兰肖厉声说道，突然从口袋里抽出一把自动手枪，“你打算怎么办？”

布莱克·卡森耸了耸肩。“我认命！”

“见鬼去吧！”迪克·格伦伯里突然喊道，“我可不会坐以待毙——任我的生命处于危险之中。哈特，放下那把枪！”

哈特·克兰肖只是冷冷地笑了笑。格伦伯里绝望地扑向他，他的脚被地板上蜿蜒的电缆绊倒，向克兰肖撞去。布莱克·卡森无法确定那一刻是意外还是故意，但枪声响起了。

迪克·格伦伯里轻轻地滑到地板上，一动不动地躺着，哈特·克兰肖站在那里，沉默了片刻。布莱克·卡森的目光转向时钟——十一点九分!

最后，哈特·克兰肖似乎恢复了过来，他把自动手枪握得更紧了。

“好吧，布莱克，你知道未来，所以你也知道接下来的事了——”

“我知道，”布莱克·卡森打断了他的话，“你要把这件事嫁祸于我。你故意射杀了迪克。”

“不是故意的，这是一个意外。只是碰巧来得比我想象得快，仅此而已。如果你们两个都不在了，还有什么能阻止我用你们的这个小玩意儿成为整个世界的主人？没有！”哈特·克兰肖露出了冷酷的笑容，“我计划好了，布莱克。今晚我有确凿的不在场证明。要证明在迪克·格伦伯里谋杀案里自己是无辜的，那将是你的难题了。”

“我不会成功的：我已经知道了。”

哈特 · 克兰肖好奇地看着他。“考虑到我所做的——以及我将要做的——没想到你会非常冷静地接受。”

“为什么不呢？对未来的了解让我知道什么是不可避免的——对我们双方来说都是如此。”布莱克 · 卡森说的最后一句话意味深长。

“我已经查看过我的未来，我非常清楚我会过得很愉快，”哈特·克兰肖反驳道，他沉思片刻，然后举起枪，“我不会冒险让你破坏这台机器，布莱克。我会先开枪打死你，然后再证明自己不在场，但我不想让事情变得太复杂。拿起电话报警，向他们承认是你做的。”

布莱克 · 卡森平静地服从了。当他打完电话后，哈特 · 克兰肖得意地点了点头。

“很好。在警察来之前，我走了，这把枪留给你解释。因为我戴着手套，上面不会有我的指纹，虽然也不会有你的指纹。不管怎样，今晚只有你和迪克在一起。我去了其他地方。我可以证明这一点。”

布莱克 · 卡森冷冷地笑了笑：“然后你会假装成同情我的朋友，在我拘留期间主动照看我的工作，借由出色的律师和确凿的不在场证明来洗刷自己的嫌疑。这很聪明，哈特。但记住，凡事都有尽头！”

“现在，”哈特 · 克兰肖自负而自信地回答，“就我而言，未来看起来很美好……”

时间律法丝毫不差地落实了布莱克·卡森预见到的每一件事。他落入警方手中，历经了无情的盘问，意识到所有的生机都变得渺茫。卡森被指控一级谋杀罪，法院宣判了死刑。审判以创纪录的速度进行，因为这是一起公然的谋杀，报纸猛烈谴责卡森。令卡森的律师感到惊奇的是，他拒绝上诉或诉诸通常的拖延方法。卡森的态度是宿命论的，他抱着必死的决心。

监狱里，布莱克在死刑之前的大部分时间都在思考他从实验中收集到的数据。在监狱的死刑犯中，他无疑是一个模范囚犯，安静、专注，只是有点冷酷。事实上，他的整个生命都凝聚成了一股强烈而坚定的力量。他在死亡时凝聚了所有的力量，将意志力聚焦在4月21日这一天，这是他改变时间法则的一次机会，决定着他是否能死而复生来对抗哈特·克兰肖。

他的计划一个字也没有向人泄露。在执行的早上，他没有鞠躬，一言不发地聆听了监狱牧师简短的安慰之词，然后在守卫押送下，穿过昏暗的走廊，来到了执行的房间。他坐在死亡椅上，平静得像一个即将主持会议的人。

椅子上叮当作响的带扣，让他有些分心。

他几乎不知道这个昏暗的地方即将发生什么。以往，他已将大部分意志力聚焦在4月21日，如今到走火入魔的地步。他一动不动，全神贯注，汗水顺着脸颊流下，默默地等待着……

随后，他感觉到了那股针刺般的、压迫的、急剧的电流，直击他的要害，然后蔓延开来，变成了一种无尽的撕裂般的疼痛，在这种痛苦中，世界和宇宙简直是一个燃烧着的炼狱……

接着，一切都变得安静了——出奇地安静……

他觉得自己好像在海上漂流，无依无附。他的注意力现在被一种新的惊奇所取代，事实上，他正在努力应对自己所处的奇怪境地。

他已经死了——他的身体已经死了——他确信这一点。而现在，怎样挣脱这些令人麻痹的铁箍，这是当务之急！

他猛地一试，一切似乎都突然变得清晰起来。他觉得自己从虚空中跳了出来，回到了正常的——或者至少是世俗的——世界中。他慢慢振作起来，他仍然独自一人，仰面躺在阴寒的红土平原上。他仍然穿着囚犯的薄薄的棉质衬衫和裤子，对此他略感惊讶。

一股刺骨的寒意向他袭来。他站起来，低头看着自己，不禁打了个寒战。

“当然，我不仅想着我的身体也想着我的衣服，所以它们也必然会被重新创造……”

他困惑地盯着四周。头顶上紫蓝色的天空，布满了无数的星星。右边是蜿蜒的高地。到处都是红土。时间不知流逝了多久。

他叫了一声，转身气喘吁吁地朝山脊跑去，迅速爬上了碎石坡。到了山顶，他震惊地停了下来。

红色的太阳，已经膨胀到了前所未有的大小，遥远的锯齿状水平线将其一分为二。太阳现在老了，难以置信的老，它那炽热的火焰已近熄灭。

“几百万年，几千万亿年，”布莱克 · 卡森低声说，砰的一声坐在一块翻起的岩石上，凝视着外面阴沉浩瀚宇宙，“天哪，我做了什么？我做了什么？”

他凝视着眼前，用超人的意志力使自己冷静下来思考。他原计划是回到死后一周。相反，他降落在这里，来到了地球存在的尽头，这里，一切都被岁月打上了烙印。地球因潮汐阻力而几近停滞，因此太阳也几乎静止了。这满眼的红色土壤，是极度衰老的氧化亚铁，也是地面上金属沉积物被锈蚀的结果。稀薄的空气呈现出紫蓝色，呼吸变得极其困难。

除此之外，布莱克 · 卡森开始意识到其他事情。他再也看不到未来了。

“我逃脱了死亡后的正常过程，”他沉思着，“我没有去邻近的时空继续生活，也没有像我计划的那样到达 4 月 21 日。这只能意味着在最后一刻出现了一个无法预测的错误。可能是电椅打乱了我的大脑计划，转移了我的思想焦点，所以我被向前推到了这里，而不是一周后。那场灾难也让我失去了想象未来的能力。如果我是用电以外的其他方式死去的话，也许就不会有那个错误了。”

一股稀薄的风夹杂着冰霜从凄凉的荒地呼啸而过，他再次打了个寒战，感到一阵阵刺痛。他又一次站了起来。为了让脸免受猛烈飓风的袭击，他沿着山脊向前移动，从另一个角度打量着这里的风景。这让他有了新发现：这里显然是一片废墟。

他开始跑步取暖，直到稀薄的空气让他的肺快爆裂了。他小跑着走向庞大的、几乎不动的太阳，最后停在一座巨大的、被侵蚀的建筑物的面前。

它和其他东西一样是红色的。里面是长期被废弃和遗忘的布满灰尘的笨重机械残骸。他凝视着它们，无法想象出它们的用途。再往远处看去，后面是生锈的金属大厦的废墟。一个又一个露台，通向紫罗兰色的天空。在这里，它似乎是一座锈迹斑斑的纪念碑，纪念着人类逝去的伟大和超凡的力量。

人类自己呢？去了别的世界？死在红土里？布莱克·卡森对空无一人的世界震惊不已。只有星星、太阳和风，那可怕的风，在废墟中轻轻地呻吟着，把地平线的遥远角落扫成一片巨大的云，遮蔽了北方星星的光芒。

布莱克·卡森终于回过神来。在废墟的尽头，他看到一束深红色太阳反射的微弱光芒，它像钻石一样闪闪发光。他感到困惑，转过身来，急忙朝它走去。他发现距离并不近，有将近两英里。他离得越近，亮光就越强，直到他看到了由六个直径约六英尺的巨大厚玻璃圆顶组成的建筑。

这样的建筑一共有八个，散布在一个几乎没有瓦砾和石头的小高原上。它的地面就像一个火山口，四周都是皱巴巴的岩石墙。卡森大惑不解，走到最近的穹顶处，向里张望。

那一刻，他忘记了凄凉的风，忘记了极度的孤独——因为下面是生命！活生生的生命！不可否认，这不是人类，但至少是一些能动的东西。他花了一点时间来了解他惊人的发现。

圆顶下方约二百英尺处，灯火通明，是一座微型城市。这让他想起了他曾经在博览会上看到的未来模型城市。那里有梯田、人行道、塔楼，甚至还有飞机。一切事物都十分微小，很可能在他视线之外的地底下蔓延开去。

底下这成群的生物是蚂蚁。无数只蚂蚁。它们不像他所在的时代那样漫无目的地四处奔波，而是带着明确的、有序的目标前进。这是垂死世界的蚂蚁？蚂蚁有自己的城市？

"当然，"他低声说，他的呼吸冻住了玻璃，"当然。进化法则——

人进化到蚂蚁，蚂蚁到细菌。科学一直是这样预测的。如果不是来到这个世界，我是永远不会知道这样的未来。”

哈特·克兰肖呢？复仇计划呢？现在这似乎是一个遥不可及的计划。下面是一群聪明的蚂蚁，不管它们怎么想他，它们也许至少会和他说话，帮助他……

突然，他用拳头猛烈地敲打着玻璃，嘶哑地叫喊起来。

下面没有反应。他又敲打了一次，这一次打得很疯狂，下面那些匆忙的人群突然停止了行动，好像不敢相信似的。随后，它们开始疯狂地散开，就像风吹起的灰尘一样。

“开门！”他喊道，“开门，我快冻僵了。”

他不太清楚当时发生了什么，但他觉得自己有点发疯了。他有一个困惑而模糊的想法，就是要依次跑到每个穹顶，用拳头猛击其光滑、坚硬的表面。

风，无尽的风，把他的血液变成了冰。最后，他躺在高原边缘一块突出的岩石上，把头埋在手中，浑身发抖。他有一种强烈想睡的欲望，但他很快驱散了这个念头，因为新的、强烈的想法在他的大脑中激流涌动。

他以奇特的万花筒的方式看到了人类攀登的最高境界。他也看到了人类逐渐意识到自己身处一个注定要灭亡的世界。他看到了，他看到了人口减少和适者生存——这是大自然为了自我适应而进行的缓慢而无情的工作。

布莱克·卡森就像看到了一幅穿越时空的全景图，看到人类如何变成了蚂蚁，当然不是他那个时代的蚂蚁，而是一种实验体。这些蚂蚁不仅拥有人类智慧，而且自己建造了这些地下城市，这些城市能满足各种科学需求，而对即将死亡的地球的依赖却微乎其微。只有在地下，才能远离致命的大气层。

是的，大自然巧妙地管理着它的世界，而最后突变成细菌，更是绝妙。坚不可摧的细菌可以生活在太空中，漂浮到其他世界，重新开始。开始永恒的循环。

卡森突然抬起头，不解自己为什么要知道所有这些事情。想到这，他猛地站了起来，结果又坐了下去，因为腿冻得麻木了。

有一小队蚂蚁靠近了他，它们就像光滑的红色地面上的黑色垫子。思想传递！他认为就是这样的，真相被有意灌输到他的大脑里。他现在清楚地意识到了这一点，因为头脑中出现了一阵轰炸，但一下子这么多信息，以至于他没有办法理解。

“住的，”他喊道，“吃的和保暖的——这就是我想要的。我是一个时间流浪者，一次意外把我带到了这里。我来自远古时代，因此我肯定对你们有用。如果我待在外面，我很快就会冻死。”

“你自作自受，布莱克 · 卡森，”一股清晰的思想波传来，“如果你遵循时间法则，正常死去，你就会进入存在的下一阶段，而不是现在这样。相反，你选择挑战时间，为了复仇。我们是了解时间、空间和生命的人，知道你的意图是什么。

“你现在无法得到帮助。这是宇宙的法则，你必须按照它的规律生活和死亡。而你这次经历的死亡，将不是从这个时空到另一个时空的正常过渡，而是过渡到我们甚至无法想象的时空。你扭曲了你想要追求的宇宙时间线。你永远无法纠正这种扭曲。”

布莱克 · 卡森瞪大了眼睛，他希望能移动冻僵的四肢。他清楚地意识到他快死了，但好奇使他脑袋保持着清醒。

“这就是你们的待客之道吗？”他低声说道，“这是一个先进时代的科学仁爱吗？你们知道我为什么要复仇，怎么还会如此无情？”

“我们当然知道缘由，但你试图扭曲科学规律以达到你自己的目的，与此相比，你的遭遇微不足道。违背科学是不可原谅的，不管动机是什么。你是一个倒退的人，布莱克 · 卡森——一个局外人！对我们来说尤其如此。你永远找不到哈特 · 克兰肖，这个你想要找的人。你永远找不到。”

布莱克 · 卡森突然眯起眼来。他注意到，当上述思想波抵达他时，蚂蚁们已经后退了一段距离，显然对他失去了兴趣，准备回到他们自己的领土。但是，他头脑里的力量并没有减弱。

突然间,他明白了原因。一只比其他蚂蚁大的蚂蚁独自立在红土上。卡森压抑着情绪注视着它，这个小东西正窥探着他的大脑。

“我明白了，”他低声说，“是的。我明白了！我看穿你了。你是哈特·克兰肖。你是这个时代的哈特·克兰肖。你达到了目的。你偷了我的发明——是的，成为科学大师，地球之主，正如你所计划的那样。你发现有一种方法可以在每次死亡后留在正常时空里。这种方法是完全可行的，只要不是死于触电。而这正是打破我计划的东西——电椅。”

“但你一直在不断地死而复生，以一个不同但又相同的身体重生。一个永生的人，每次都掌握着越来越多的东西！”卡森的声音变得越来越尖锐。然后他平静下来，“直到最后，大自然把你变成了一只蚂蚁，让你成为蚂蚁群落的主人。我怎么也想不到我的发现会把全世界都送给你。但是，如果我违反了宇宙法则，哈特·克兰肖，你也一样。你一次又一次地违背了正常时间秩序，历经了无数次死亡。你在这个时空中待了下来，而你本该去另一时空的。对你我来说，这次死亡将会意味着未知时空。”

在那一刻，布莱克·卡森不知哪里来的力量。他那麻木的四肢重新获得生命，摇摇晃晃地站了起来。

“过了这么多年，我们又碰到了，哈特。还记得我很久以前说过的话吗？凡事都有尽头。现在我知道你为什么不想救我了。”

他愣了愣，因为那只孤独的蚂蚁突然以惊人的速度向正在离开的蚁群奔去。卡森知道，一旦它进入其中，他就无法辨认其身份。

意识到这一点，他强迫自己开始行动并一跃而起。这是他最后的一搏了。他趴在地上，去抓那只乱窜的昆虫，却扑了个空。他轻轻地张开手指，看着它从手背上跑过，然后疯狂地滑过手掌。

他不知道他躺着看了多久——但最后它跑到了他的拇指尖上。他的食指突然合上拇指——它被压碎了。

他注视着指尖上的黑色污迹。

他的手再也动不了了，四肢也完全不听指挥，心脏感到一种越来越强烈的撕心裂肺的疼痛。他的视线变得暗淡，感到自己渐渐沉了下去……

临近死亡时，他开始意识到其他一些东西。他没有欺骗时间！哈特·克兰肖也没有！他们已经做了这一切，在某些地方，只要时间本身存在，他们就会无休止地重复这一切。死亡——过渡——重生——进化——再次回到单细胞时代——进化到人类——坐上实验室的电椅……

永恒。不变！

图书在版编目（CIP）数据

没有女人的世界 /（英）约翰·弗恩著 ; 李芸译
. -- 上海 : 上海文艺出版社 , 2024
(域外故事会科幻小说系列)
ISBN 978-7-5321-8910-6

Ⅰ. ①没… Ⅱ. ①约… ②李… Ⅲ. ①幻想小说－英国－现代 Ⅳ. ① I561.45

中国国家版本馆 CIP 数据核字 (2023) 第 225285 号

没有女人的世界

著　　者：[英] 约翰·弗恩
译　　者：李　芸
责任编辑：胡　捷
装帧设计：周艳梅
责任督印：张　凯

出　　版：上海文艺出版社
出　　品：上海故事会文化传媒有限公司
(201101 上海市闵行区号景路159弄A座3楼 www.storychina.cn)
发　　行：上海文艺出版社发行中心
(上海市闵行区号景路159弄A座2楼206室)
印　　刷：上海中华印刷有限公司
开　　本：889毫米x1194毫米　1/32　印张4
版　　次：2024年1月第1版　2024年1月第1次印刷
I S B N：978-7-5321-8910-6/I.7020
定　　价：30.00元